著 江坂純
原作・監修 DECO*27
イラスト
ヴァンパイア
THE Vampire
WRITTEN BY ESAKA JUN
PRESENTED BY DECO*27
ILLUSTRATED BY hassan
ICHIJINSHA

すごい……歌に、
こんな力が
あるんだ。

えー！すごくない！？
私、飛んでる！！

CONTENTS

ヴァンパイア
THE vampire

［著者］
江坂 純

［原作・監修］
DECO*27

［イラスト］
八三

HOWL Novels

Published by ICHIJINSHA

はじめに

THE VAMPAIRE

「ヴァンパイア」の
小説が発売になりました！
コミックスに続いて本当に有り難い限りです。
お話がすごく面白く、
且つ読みやすかったので
僕は一瞬で読み終わってしまいました！
（とても続きが見たい）
八三さんの描くイラストにも
ぜひご注目ください！
よろしくお願いいたします！

by DECO*27

DECO*27

原曲やコミカライズとはまた
ちがう"ヴァンパイア"の魅力が
いっぱい詰まっています。
ぜひお楽しみください！ ハミ

by ハミ

39。

それが、私の声が名乗るナンバー。
3は忌み数。13は裏切り。
自然数で割れない非調和なナンバーから成る
薄闇に覆われた不吉な数字——
それが私に与えられた名前。

なんてね。
39という数字に意味なんてない。
何も語らない数字の羅列。
だって名前なんてただの記号だから
そんなもの名乗る権利は放棄した。
他人と区別する必要なんてない。

だって——私は
この世界にたった一人の、
ヴァンパイアなんだから。

（某月某日『†恋するヴァンパイア†』がストーリー投稿したポエム）vv

第1章　THE VAMPAIRE

1

目を覚ますたびに感じるのは、強烈な飢餓。

最低と最高を行き来しながら、あの人の血の香りを思う。

甘やかに私《あたし》を誘う、麗しい匂い。

「あ〜〜……佐々木くんの血が吸いたい……っっっ」

率直に欲望を口にしつつ、棺桶《かんおけ》代わりにしているベッドからむくりと起き上がる。

時計を見ると、午後6時。いつもの起床時間だ。

厚手のカーテンを勢いよく開けると、甘く熟れた満月が不安の果実のように輝いていた。タワーマンションの32階にある私の部屋は、地上よりも空に近く、東京のど真ん中にあっても都心の喧騒《けんそう》や発展とは無縁だ。

つまらない夜景を見下ろしながら、トマトジュースをグビリと飲み下して、喉の渇きを慰める。本当は血が飲みたいけど、私の好きな人は、血を吸わせてくれないから仕方ない。ご近所の人をちょっと襲って少し吸血するくらいなら、きっとバレないいんだろうけど——でも、知らない人間を吸血するなんて不衛生で汚いし、要らない。

本当に好きな人の血しか飲みたくない。

だから、ヴァンパイアなのに、私はまだ誰の血も飲んだことがない。

「はぁ、つまんな。とりま自撮りしよ」

いそいそとベッドに戻り、寝起きすっぴん風のショットを自撮りする。五十枚くらい連写して良さげなやつを厳選したら、加工アプリであちこち整えて、ＳＮＳに投稿した。

「†恋するヴァンパイア†」というユーザーネームで始めたアカウントは、何度かのバズを経て今やフォロワー二万人超え。血が吸えない欲求不満は、ＳＮＳ上のいいねで満たしている。

はぁ、顔かわいくて良かった。生きてるだけでみんながほめてくれる。

早速、「ヴァンパイア今起きた」のコメントを添えて、投稿した。

＃１ミリでもいいと思ったら拡散　＃自撮り界隈《かいわい》　＃自撮り　＃自撮り女子　＃自撮り界隈の人と繋《つな》がりたい　＃自撮り界隈と繋がりたい　＃美男美女さんと繋がりたい　＃雰囲気　＃雰囲気女子　＃雰囲気好きな人いいね　＃雰囲気嫌いじゃないよって人いいね　＃雰囲気推してください　＃寝起き　＃おはよう　＃ひとり暮らし　＃一人

暮らし　#一人暮らし女子　#暮らしの記録　#病み女子　#闇女子　#地雷　#地雷系女子　#地雷系女子と繋がりたい　#加工厨　#サブカル　#サブカル女子　#同界隈フォロバ　#いいね返し　#いいね返しは絶対　#いいねした人で気になった人フォロー　#フォロー　#フォロバ　#自発ください　#自発くださいフォロバします　#美男美女と繋がりたい　#美男美女さんと繋がりたい　#ゴスロリ　#ゴスメイク　#目　#目界隈　#目界隈と繋がりたい　#片目界隈　#病み垢さんと繋がりたい　#メンヘラ　#ツインテール　#ピアス　#マスク　#맞팔　#fff　#followforfollowback　#beautiful　#cute　#like4like　#l4l　#followme　#follow　#me　#vampire

いや、五月蝿《うるさ》っ。

タグの多さに、自分で思わず突っ込んじゃう。でも、だって、構ってほしいんだもん。タグをつけられる限界は60個までだけど、本当は無限につけたい。たくさんのいいねが、私の空腹をごまかす。みんながいいねを押してくれないと、私、我を忘れて人間を襲っちゃうかも。

投稿するとすぐに反応が来て、いいねの数はあっという間に百を超えた。「寝起きのヴァンパイアちゃん可愛《かわい》い」とか「ルームウェアどこのですか？　素敵です！」とか、コメントも来ている。ときどきは「拡散乞食」とか「必死すぎ」とか「承認欲求の塊」とか「加工外したら絶対ブス」とか悪口言われることもあるけど、全っ然気にしない。だって私、可愛いし。

　いいねの数が二百超えたのを確認して、スマホを閉じた。

「んーーっ、今日もいい朝だわーー♪」

　最高の気分でベランダの窓を開けると、湿った風が色々な匂いをはらんで部屋の中に吹き込んでくる。

　冷えたアスファルトや、建設現場の鉄筋や、コンビニのスナックの匂い——そんな平凡な匂いに混じった、かすかな甘い香りを嗅ぎ取った。

「……佐々木くんの匂いがする」

　気づいた途端、背筋がゾクゾクと震えた。

　私を夢中にさせる、あの麗しい体臭。

　佐々木くんが、この近くにいる。

■

人間は、どうやって人を好きになるんだろう。

顔？　性格？　スタイル？　声？　フォロワー数？　家柄や年収？　その人が持つ雰囲気や居心地の良さ？　それとも、それら全ての総合点？

ヴァンパイアは、違う。

大切なのは血液。

人の顔が一人一人違うように、血液はそれぞれ独自の香りを放つ。たとえ血液型が同じでも、匂いは全く違う。身体《からだ》の隅々まで張り巡らされた血管を巡り、その人の体臭を余すところなく汲《く》み上げて、他の誰にも真似できない独特な香りを作り出す。

そうやって生み出された香りは、ヴァンパイアを惹《ひ》きつける。樹液に誘われて木の幹を這《は》いまわるカブトムシのように、ヴァンパイアは好みの香りを探して夜の街を徘《はい》徊《かい》する。

外見が良いから香りも良いとは限らない。顔が整った人でも血液はドブ川みたいに臭く感じたり、反対に、好みじゃないなって人の体臭を、花束みたいにかぐわしく感じたりする。

私は根っからの偏食で、あらゆる人間の匂いが苦手だった。誰かの首筋に噛《か》みついて、血を啜《すす》ろうなんて気分になったことは、生まれてから一度もない。ヴァンパイアなら当たり前に持っているはずの吸血本能を抱けないまま、気づけばもう十六歳だ。

大丈夫、大丈夫。この世にはたくさんの人がいて、簡単にＳＮＳでつながれる。いつか誰かを好きになれば、きっと血を吸いたくなる。そんなタラレバを心の中で繰り返しても、本当の気持ちには逆らえない。このまま、一生誰の血も吸えなかったらどうしよう。焦燥に駆られ、理想の香りを求めて連日のように夜の街を歩き回っていたある日——私は、あの人に出会った。

その日はハロウィンで街中がごった返し、たくさんの人たちの香りがまじりあって、そこら中に充満していた。知らずに出てきてしまった私は、人混みに翻弄されて、すっかり気分が悪くなってしまった。

人目につかない路地裏に避難したら、いよいよ立っていられなくなった。その場にしゃがみこみながら、気づいたらいつものクセで目の前の景色を写真に撮っていた。

——ヤバい。気分悪い。今、渋谷なんだけど。

そうコメントをつけて、ストーリーに投稿する。誰か来てくれるかも、なんて期待したわけじゃない。ただ、今の自分の状況を報告するのが、当たり前になっていただけだ。

ていうか、ＳＮＳにあげてる自撮りは加工しまくってるから、たとえ誰かが来てくれたとしても、私が恋するヴァンパイアだとは気づかれないだろうし。

「……はーっ……」

深く息を吐き、苦しさを逃がす。

このまま少し休んで、気分が良くなったら帰ろう。

そう思っていたら、ふいに声をかけられた。

「ちょっと。そこの人、大丈夫ですか？」

吸血鬼の仮装をした、背の高い男の子だ。どことなく陰りのある、無気力そうな目。線が細く、肌が真っ白で、そんなところもヴァンパイアみたいだった。

「これ、あなたですよね？　一応、来たんですけど」

そう言って男の子が見せたのは、私があげたストーリーだ。

「……え？　なんで？」

「いや、なんでって。たまたまおすすめに表示されて、見たら近くだし、しかもなんか気分悪そうだったし」

「そうじゃなくて……なんで、私だってわかったの？　加工えぐいのに……」

男の子は、恋するヴァンパイアのアカウントと私の顔を見比べて、首をひねった。

「いや、普通に本人だってわかるけど。そんな変わんないですよ」

男の子の落ち着いた声を聞いているうちに、胸につかえていた苦しさが、少しずつ溶けて消えていくようだった。

身体にまとわりつくようだった不快な匂いが少しずつ消えて、甘やかな香りに上書

きされていく。

目の前にいる彼がまとう体臭に、鼻がヒクついた。

見つけた。私の、理想の血液を持つ人。

「顔色、かなり悪いけど。大丈夫ですか？」

「大丈夫……です……」

つい私が取り繕うと、男の子は「あ、そう」と小さくうなずいた。

本人が大丈夫というのならそれ以上は追及しない。他人を気遣う優しさはあるけれど、過剰に心配するほどおせっかいでもない——そんな、受け身の親切心が透けて見えた。

「——いや、嘘《うそ》、大丈夫じゃない！」

私があわてて付け足すと、立ち去ろうとしていた彼は気づかわしげに足を止めた。

「……じゃあ、どうする？　救急車呼ぶ？」

「あ、あの——ええと——」

彼の香りに惑わされて、言葉が出てこない。

口をぱくぱくさせながら、その時私は初めて気がついた。

これまでＳＮＳを通して手に入れていた快感は、しょせん幻に過ぎなかったんだってこと。

知らない人からの「いいね」なんて、ただの前菜に過ぎない。

私の食欲を本当に満たすのは、愛する人への吸血だけ。

「血を――血を吸わせてください!!!」

切実な叫びが、裏路地に響きわたる。

すると彼は無気力に私を見て、率直な感想を述べた。

「意味がわからない」

途端に彼の香りがいっそう強くなって、ぶわっと背筋が粟立《あわだ》った。

心拍数がどんどん上がっていく。彼の血の匂いは、甘やかに私を誘《いざな》って、はしたなくさせる。

心の底から、強く思った。奪いたい――この人のすべてを。

■

クンクンと鼻を鳴らしながら、佐々木くんの匂いをたどってマンションを出ると、駅前のコンビニにたどりついた。ちょうど自動ドアが開いて、コーラのペットボトルを片手に持った佐々木くんが店から出てくる。

生身の姿を見たら、ヨダレが出そうになった。

さらさらの黒髪と、冷めた瞳。姿勢よく伸びた背筋と、長い足。佐々木くんは、どこにいてもよく目立つ。

彼の放つ香りは、離れていても感じるエモ。今日もとってもおいしそうだ。

「佐っ々木くん！　どうしたの、こんなところで」

偶然を装って声をかけると、佐々木くんはゆっくりとした動作で振り返った。相変わらず、覇気のない目。少し垂れた目じりと、彫刻刀で彫りこんだようなくっきりとした二重が、ただでさえダウナーな顔立ちをますます無気力に見せている。

「……」

佐々木くんは、無言で私の顔を見ると、わざとらしく顔を逸《そ》らした。

「ねーねーねーねー、今、目が合ったよね？　なんで無視するの？」

「怖いから」

「怖い⁉　なんで⁉　こーんなに可愛い女の子を前にして怖いなんてことある⁉」

「ダル絡みすんな。毎回毎回、偶然を装って俺の出先に現れるだろ。普通に考えて怖すぎる。犯罪の予感しかしない」

「ひどっ！　私は佐々木くんが大好きなだけなのに……」

泣き真似しながら、わざと佐々木くんの前をうろちょろして、進路を妨害する。

「……邪魔……」

鬱陶《うっとう》しそうに言って横へ避《よ》けようとするので、そのたびに私もバスケのディフェンスみたいにサッサッと反応して、行く手を塞いだ。傍目《はため》には、二人で対面式反復横跳びをしてるみたいに見えているかもしれない。

「すごい邪魔……」

「だってせっかく会えたのに、佐々木くんが構ってくれないから！　住所も電話番号も知らない中、頑張って探しあてたのに！」

「探しあてるな。住所も電話番号もわからないのに、どうやってるんだよ」

「ヴァンパイアは犬並に嗅覚が鋭いんだよ？」

「またその謎設定でやってるのか」

佐々木くんは軽くため息をついた。「自分のことをヴァンパイアなんて、痛々しいにもほどがある」

佐々木くんは、私がヴァンパイアだってこと、信じてない。そういう設定で生きてる、可哀想な地雷女だと思ってる。

「そんなこと言って、本当はヴァンパイアが大好きなくせに。だって初めて会った時、ヴァンパイアのコスプレしてたじゃん」

「あれはハロウィン。クラスのやつが用意してくれたやつをそのまま着ただけ。去年はウォーリーだったし」

「えー、冷たいなー。じゃあせめて一緒に自撮りしよ」

拒否される前に、すばやく佐々木くんの前に身体を滑り込ませて、スマホを構えた。

「あっ」

カシャカシャカシャカシャカシャカシャッ
連続でシャッター音が鳴り響く。撮れた写真には、軽く目を見開いた佐々木くんの顔が写っていて、その可愛さに悶《もだ》えた。普段が無表情だから、ちょっとの変化にすごくグッとくる。

表情に乏しいこの顔を、いつか醜くゆがませてみたいと思う。その首筋に牙を立てて、かぷっと噛んで繋がったら、佐々木くんはどんな表情をするんだろう。その顔を確かめられたら、幸せで死ねるかも。

想像したら、思わず、「くふッ」と笑い声が漏れてしまった。

「佐々木くんって、本当、おいしそーだよね」

「お前……その笑顔、ヴァンパイアっていうより悪魔だぞ……」

「もう一枚撮ろーよ」

「やだ」

「えー、いーじゃん」

嫌がる佐々木くんに無理やりまとわりついて、インカメを構えると、ヴッとスマホが震えた。スクリーンタイムの通知だ。

週間レポートがあります

画面を見ている時間は先週から10％減りました。（先週の一日平均13時間00分）

「えぐ」

「え？　何が？」

「お前のスクリーンタイム。13時間て」

「あ、先週はおでかけ多かったから、いつもよりちょっと少なめなんだよねー」

「それで少なめなのか…」

とりあえず朝起きたらベッドでしばらくスマホいじるし、朝ご飯食べながらスマホいじるし、トイレの中でもヒマだからいじる。コンビニへ行く時も、レジ待ち中も、買ってきたスイーツ食べてる時も、お風呂入ってる時も、とりあえずスマホを見ている。

「スクリーンタイムがぴったり13時間なんて、縁起がいいな〜。さすが私」

「ラッキーナンバーって普通、7とかじゃないのか」

「ヴァンパイアのラッキーナンバーは13なんだよ。キリストを裏切ったユダっちは13

番目の使徒だし、ジェイソンくんが活躍するのは13日の金曜日！　ヴァンパイアにぴったりの不吉な数字なんだよねー。あと、13の倍数の24と36も、ラッキーナンバーだよ」

「13の倍数は26と39だろ」

「え？　嘘？」

スマホを出して計算してみると、13かける2は26、13かける3は39。確かに佐々木くんの言う通りだ。

「すごーい、さすが佐々木くん！　こんな複雑な計算も暗算できちゃうなんて♡」

「複雑じゃないし、掛け算は数学じゃなくて算数だぞ」

「うぁんぱいあ、さんすー、ならってない」

「……ヴァンパイア設定、都合いいな」

「本当に習ってないよ。学校って、行ったことない。のぞいてみたいけど、昼間は寝てるし」

佐々木くんは、冷めた視線を私に投げた。

「お前、どういうリズムで生きてるんだ」

「えーとぉ、大体6時頃に起きて――」

「意外と早起きなんだな」

「あ、夕方の6時ね。で、起きたらまずコンビニ行って朝ごはんのスイーツ買ってー」

「朝ごはんがスイーツ……」

「大体2時間くらいゲームしたり動画見てー、ヒマつぶしにメイクしてSNS更新したりとかしてー、お腹《なか》がすいたらコンビニ行って夕ご飯のスイーツ買うでしょー」

「夕ご飯もスイーツ……」

「で、朝になってお日様出てきたらカーテン閉めて、またゲームとかしてー。美容のために睡眠時間はしっかり確保したいから、遅くとも午前10時には寝るかな～」

「…………」

丁寧に正直に説明しただけなのに、佐々木くんの私を見る目は、どんどん冷えきっていく。

「ちなみに今日は何を食べたんだ？」

「えーとねえ、プリンとゼリーとクリームソーダ」

今朝も佐々木くんのことを想いながら、卵強めのプリンをちゅるんと口の中に流し込んだ。コンビニスイーツはハズレが無いし、気軽に買えるし、すぐに新しいのが出るから、最高だ。

「あ、そうだ。プリンまだあるから、今から私の家に食べに来ない？」

「なんで俺が……」

「いいじゃん！　プリンおいしいよ？」

露骨に嫌がる佐々木くんの腕に、私はがしっとしがみついた。

「行くって言って!!　来てくれるまで離さないから!!」

ゴネ得とばかりに駄々をこねると、佐々木くんは「はァ……」とため息をついた。

■

私は佐々木くんの手をぎゅっと握って、自分の家まで案内した。

「着いたよ。ここが私の家〜」

玄関のドアを開けた途端、センサーが感知して照明が点《つ》く。出しっぱなしの靴が散らばっているのを見て後悔した。佐々木くんが来るって知ってたら、ちゃんとシュークローゼットにしまっておいたのに。

どうぞどうぞとリビングに通すと、佐々木くんは部屋の中を見まわして、「広……」とつぶやいた。

「え？　そう？　こんなもんじゃない？」

二十畳のリビングダイニングには、ゲーム機を繋ぎっぱなしにしたテレビが一台。

対面にソファ、カウンターキッチンの手前にダイニングテーブルと椅子《いす》。それ以外の私物はほとんどない。

「……いや、広いだろ。景色もすごいし」

佐々木くんは、ガラス張りの壁から夜景を見降ろして、目をしばたたいている。

32階だし、確かに景色はまあまあ綺麗《きれい》かも。私はもう見慣れちゃったけどね。

「こんな広い部屋の家賃、どうやって払ってるんだ？」

「え、お金なんて払ったことないけど」

「……もしかして、実家太い民？」

「何言ってんのー。私はヴァンパイアの民だよ？」

「会話が成立しないな、相変わらず」

ため息交じりにつぶやくと、佐々木くんは長ネギの飛び出たビニール袋をキッチンカウンターの上に置いた。ここに来る途中、スーパーに立ち寄って買ったものだ。

――えー。なんで野菜なんて買うの？

――甘いものばっかり食べてると死ぬぞ。

――トマトジュースは飲んでるもーん。それに、私、料理なんてできないよ？

――俺が作る。コンビニスイーツを腹に詰め込まされるよりマシだ。

そんな会話をしながら二人で野菜や肉の売り場を回り、カゴの中を食材で満たしていくのはまるで同棲カップルみたいで、私は密《ひそ》かにテンションが上がっていた。

「冷蔵庫はどこだ」

「ないよ、そんなの。買い置きのトマトジュースは常温保存ＯＫだし、お腹がすいたら下のコンビニ行けばいいし」

「……。そうか」

あきらめたようにうなずくと、佐々木くんはキッチンに立って、買ってきた野菜をシンクでざぶざぶ洗い出した。

「きゅうり？」

「ズッキーニ」

「キャベツ？」

「レタス」

「うわ、なにそれ！　でっかいニンニクみたいで気持ち悪！」

「玉ねぎだろ……。日本で暮らしてて、なんで玉ねぎを見たことないんだよ」

トントントンと小気味のいい音を立てて、まな板の上の野菜が刻まれていく。玉ねぎは外側の茶色い皮をぬるっと剥《む》いて、レタスは手でちぎって。私が勝手にカゴに放り込んだトマトは、四つ切りにされてまな板の隅に転がっている。

「佐々木くんって料理できるんだねー」

「少しはな。親がいない日は、自分で作ることもあるから」

「何作るの？」

「簡単なやつだけ。カレーとか」

「へー。健康的だねえ。……ハッ」

私は思わず涙ぐんだ。

「自炊で健康的な食生活を送ってるのは、サラサラの血液を私においしく召し上がっていただくため……？」

「違う」

話しながらも、佐々木くんはズッキーニをざくざく輪切りにしていく。大雑把な手つきだけど、ちゃんと切れてるから充分すごい。

まな板の上の野菜が、なんだかうらやましかった。あの骨ばった指先で、私もあんな風に手際よく、でも粗雑につままれてみたい。トマトの汁で汚れた佐々木くんの指は、今すぐ吸いつきたいくらいおいしそうだ。

ぼーっと見ている間にも、佐々木くんはどんどん料理を仕上げていった。鍋でパスタを茹《ゆ》で始めたと思ったら、冷凍の魚のフライをフライパンで焼いて、あれやこれやしているうちに、いつの間にか見た目完全に料理っぽいものが出来上がっていた。

「なにこれ!!」

「トマトパスタ。と、魚のフライ。そんな驚くような料理か？」

「すごいよ‼」

真っ白な皿の真ん中で、トマトソースの絡んだパスタが輝いている。魚フライは揚げたてで、香ばしい匂いがした。

「すっごーい！　佐々木くんってこんなちゃんとした料理作れるんだね‼」

「いや、こんなの、小学生でも作れるぞ」

「私が作ったことにしてＳＮＳにあげていい⁉」

「だめだろ」

拒否されたのでだまってアップして、何食わぬ顔で食べた。

「おいしー！　私、初めてスイーツとトマトジュース以外の食べ物をおいしいと思ったかも……！」

「サラダも食べなさい」

「えー、野菜は要らない」

「いいから」

ガラスのボウルに入ったグリーンサラダを押し出され、仕方なく箸をつける。手でちぎったレタスにドレッシングをかけただけなのに、佐々木くんが作ったと思うとすごくおいしかった。

「野菜なのにおいしい！　このドレッシング、なんて名前?!」

「いや、名前なんてない。トマトジュースをベースにして作っただけだから」

「自家製なの!?　すごいね、商品化できるレベルだよ。名前つけてＳＮＳで売ろうよ」

「じゃあ、トマトがいっぱいドレッシング　佐々木スペシャル」

「え、ダサ……」

料理は上手だけど、ネーミングセンスはないらしい。

ゴハンをぱくぱく食べていく私を、佐々木くんはカウンターに頬杖《ほおづえ》をついて眺めた。いつもの無表情だけど、どことなく満足げなのがわかる。私の乱れた食生活を、結構心配してくれてたのかも。

でも、そもそもヴァンパイアにとって、食事は必須じゃない。長時間飲まず食わずでいれば体力が落ちて弱ったりするけど、それで死ぬことは滅多にない。

私が人間の食べ物を口に入れるのは、栄養補給のためじゃなくて、おいしいからだ。プリンもケーキもクリームソーダも、甘くておいしいから食べる。佐々木くんの作ってくれたトマトパスタやグリーンサラダも、私の舌をたっぷり喜ばせてくれた。

だけど、人間の食べ物で、本能が満たされることはない。

私の欲を本当に満たすのは、大好きな人の血液だけ。

「おいしかったー！　ごちそうさま」

ぱちんと両手を打ち鳴らすと、舐《な》めたみたいにきれいになったお皿を重ねてキッチンに持っていく。シンクに置くふりをして、佐々木くんの腰にそっと手をまわした。

「ねーねー、佐々木くん。なんか忘れてないー？」

背伸びして、佐々木くんの鎖骨の辺りに顔を寄せる。そのまま、犬が甘えるように顔をこすりつけようとしたら、

「……あ。きゅうり切ったのに、サラダに入れるの忘れてた」

見当はずれなことを言われたので面倒くさくなり、強硬手段でいくことにした。

佐々木くんの腰を引き寄せ、足払いをかけてその場に押し倒す。不意を突かれた佐々木くんが仰向《あおむ》けに倒れ、毛足の長いキッチンマットに埋もれたところへ、すかさず馬乗りになった。

「……ん？」

きょとんとこちらを見上げてくる佐々木くんの顔は、いたいけな小鹿みたいにおいしそうだ。

「佐々木くん、ちょっと無防備じゃない？　私が佐々木くんを大好きなの知ってて、ノコノコ家の中にあがりこんじゃうなんて」

「……お前、それ、完全に悪役のセリフ……」

「悪い子は佐々木くんじゃん。誘ってるくせに」

制服のシャツのボタンを開けて、首筋に浮いた青い血管に指を這わせる。この細い管の中を、佐々木くんの血が流れているのだと思うと、背筋がゾクゾクした。

顔を寄せて、思いっきり匂いを嗅ぐ。

「――～～～っ!!　すっごい、イイ……っ！」

悶《もだ》える私を、佐々木くんはドン引きして見ている。その冷めた視線にも、すっごくそそられた。

今日こそ絶対に、佐々木くんの全てを食らいたい。そうじゃなきゃ、悲しくて切なくて、とても終われない。

「佐々木くんのココ、私に吸われたくてドクドクしてるよ。ねえ、吸っちゃってていい？　いいでしょ？　私のお腹の中、佐々木くんの血で満たしたいの。いっぱいで吐きたくなるくらい」

「いや、無理だろ。悪いけど」

「でも、逃げられないでしょ？　人間が私に力で敵《かな》うわけないし――」

ギリッと強く手首をつかむと、佐々木くんは「痛ッ…！」と顔をゆがめた。

「ほら、こっちおいで。今の痛そうな顔、もっと見せて」

「嫌だ」

佐々木くんが私の腰をつかむ。

そのまま、ぎゅっと抱き寄せられ、私は佐々木くんの胸の中に倒れ込んだ。次の瞬間、くるりと身体が回転して、気づけば今度は私が床の上で仰向けになっている。

「……え?」

佐々木くんは立ち上がって、ぱんぱんと制服についた埃《ほこり》をはらっている。

???

え?

逃げられた??

「お前、力は強いのに体重軽いな」

「ちょっと、今の技なに!?」

「合気道っぽい何か。この間、体育の授業でやったんだ」

シャツのボタンを一番上までぴっちり留めると、佐々木くんは床に置いていたスクバのリュックを背負った。

「そろそろ帰る。お邪魔しました」

「いや何普通に帰ろうとしてるの!? 私は今から佐々木くんの血を……」

「吸わせない。俺の血だし。お前だって、俺の許可なしに吸わないだろ」

あっさりと言われ、私は思わず黙った。

「……。そんなの、なんでわかるの」

「力ずくで吸う気があるなら、とっくにやってる。今までそのチャンスは何度もあった」

痛い所をつかれて、ますます何も言えなくなる。

さっきは手首を締めつけて、ちょっと意地悪してみたけど。佐々木くんが本気で嫌がるようなことは、絶対にしたくない。無理やり従わせても楽しくないし、なんとなく、暴れたら血がおいしくなくなっちゃう気がするから。

「腹が減ってるなら、血じゃなくてメシ食えよ。買ってきた野菜がまだ冷蔵庫に入ってるから、たまにはちゃんと自炊しろ」

「えー」

「健康第一だろ」

おかんかい。基本無気力なくせに、こういう時だけキリッと言わないでほしい。

佐々木くんはいつも、私の直球な欲望を、こうやってさらっと柳みたいに受け流してしまう。

あーあ。まあ、しょうがないか。佐々木くんって、そういう人だし。

「じゃあな」

玄関を出ていこうとする佐々木くんのポケットの中で、ヴヴッとスマホが震えた。

画面を確認した佐々木くんは、「げっ」とつぶやいて顔をしかめ、

「……これ、お前の仕業か？」

ＬＩＮＥの画面を私に見せてくる。のぞきこむと、佐々木くんの友達らしきアカウントから、メッセージが届いていた。

Post：恋するヴァンパイア
彼氏とコンビニでーと♡

これ佐々木だよな？？　彼女いたんかーい笑笑

「俺のトマトパスタ、勝手に投稿しやがったな……。しかも自作とかウソついてる」

もうバレた。

私は自分でもスマホを開いて、料理の投稿を確認してみた。さっき佐々木くんが作ってくれたトマトパスタとグリーンサラダの写真には、たくさんのいいねがついている。

るヴァンパイア✝
Like♥ 252
彼氏とコンビニでーと
れ佐々木だよな？
かーい笑笑

ヴァンパイアちゃんの料理、おいしそーー!!　野菜ザク切りなのおしゃれ！
自炊するんだね‼‼　今度食べてみたいナ❤😆ナンチャッテ😀
シンプルでおいしそう！　レシピ知りたいです！

あぁ…みんな、私を肯定してくれてありがとう……。もはや自分で作った料理じゃなくても、承認欲求が満たされてしまう。

「これがお前のアカウントなのは知ってたけど、フォロワーこんなにいたのか。立派なインフルエンサーだな」

「まあね〜。だって、可愛いから」

佐々木くんは、画面を連続タップして私の自撮り投稿をいくつか流し見すると、「なるほど」とつぶやいて、おもむろに私の方を見た。

「どうせ毎日ヒマなんだろ。夜のバイトしないか？」

第2章　THE VAMPAIRE

2

私、自由気ままなヴァンパイアなので、労働とかほんと無理なんですけど。

「夜のバイトか〜……」

佐々木くんの後ろについて夜道を歩きながら、一体どこに連れていかれるのかと、戦々恐々だった。

道を歩いていて、水商売のスカウトを受けることは、実は結構ある。未成年だってわかるとみんな諦めるんだけど、でもたとえ成人してたとしても、私はそんな仕事をするのは絶対にごめんだった。

お客さんと話すのが面倒くさいとか、お酒飲みたくないとか色々あるけど、一番の理由は同僚が怖いこと。キャバクラとかで長く働けるような女の子って、美人でお喋《しゃべ》り上手で、陽キャの塊みたいな子に決まってるもん。そんな人々と一つ屋根の下にいるなんて耐えられない。パニックになって死ぬ。

黒リボンや黒マスク、それに蝙蝠《こうもり》モチーフが定番アイテムの私は、ジャンルで言うと地雷系女子。コミュ強ギャルとは一生相容《あいい》れない存在なんだけど、佐々木くん、その辺ちゃんとわかってるのかな。

ねえ、一口に「女子」って言っても色々あるんですよ？　夜のバイトって言ってたけど、キャバクラなんて私には絶対ムリ――。

「ついたぞ。ここだ」

佐々木くんが足を止めたのは、派手なネオンで飾られたライブハウスだった。地下へと続く階段には、『Q』と書かれた看板がかかっている。

「そうきたか」

「ん？」

「帰ります」

「おい」

回れ右した私の首根っこを掴《つか》んで、佐々木くんはさっさと地下への階段を降りていく。

「離してよ～～！　私、バンドマンとかバンギャとかまじで無理！　一番苦手な人種！」

「なんでだよ」

「あの人たち、すっごいキラキラした目で夢とか語るじゃん。そういうのついていけないの！　見てよ、私のこの濁った目。向上心なんて何もない、堕落した人間なんだから！」

「いや、お前は勘違いしてる。こういうライブハウスに頻繁に出入りしている連中は、むしろただの音楽オタク。未来を夢見るどころか、今この瞬間のことしか考えていない退廃的な連中ばっかりだ。目の濁り具合では負けてないぞ」

「もっと嫌！　私、音楽とか語れないし！　行っても人権ないよ！」

私の抵抗むなしく、佐々木くんは階段を降りきると、こじゃれたオーク材のドアを押し開けた。

かすかにタバコの匂いがする、無人の狭いロビー。

狭い廊下を抜けた先にある、重たそうな扉の向こうからは、ズンズンと不穏なバイブレーションが漏れ出ている。

「ふ、不良の巣窟……！」

「そんなわけないだろ」

思わずしがみついた私を、佐々木くんは鬱陶《うっとう》しそうに引きはがした。

「ただのライブハウスだよ。確かにアングラ系のハコもあるけど、ここは健全。同年代も結構来てる」

「佐々木くん、わかってないな〜。いくら同年代って言っても、こういうライブハウスに軽率にやってくるやつは絶対メンタル強めなんだって」

早口で説明する私を完全無視して、佐々木くんは「店長～」とロビーの奥に向かって声をかけた。

せめて店長は雇われの、陰キャ系でありますように……！

両手を合わせて祈っていると、赤い髪を刈り上げた大柄な男が一頭、ぬるりと姿を現した。

「え、こわ……」

麩《ふ》菓子みたいにこんがり日焼けした筋肉ダルマだった。ラッパーみたいなダボダボの服を着て、それでもハッキリわかる胸板の厚さと二の腕の太さ。耳や鼻や、頬《ほお》にまでジャラジャラとピアスがついていて、かなり治安の悪い顔面だ。

「はじめまして。店長の強羅です」

ゴウラ？　ゴリラのまちがいでしょ？

「きみが、例のインフルエンサーの子？」

「……ハジメマシテ。コイスルヴァンパイアデス……」

ぎこちなく自己紹介した私に、佐々木くんが「声ちっさ」と突っ込む。

いや、無理でしょ。こんな店長、怖すぎ。絶対、煽《あお》り運転とかしてるって……。

カチコチに固まってうつむいていると、顔をぬっとのぞきこまれた。

やつだ。

「そんなに緊張しないでよ。チョコ食べる？」

あっ、これ、有名店のボンボンショコラ。ＳＮＳで見かけて、食べたいと思ってた
「……………タベル」

「おいしい？」

私はビクビクしながらも、一つつまんで口に入れた。

「…………オイシイ」

二個目のボンボンショコラに手を伸ばす私に、「餌付《えづ》けされたな」と佐々木くんがあきれ顔をする。

だって、甘いもの大好きなんだもん。佐々木くんの血が恋しい時は、一人チョコレートを頬張って自分をなぐさめてるんだよ。

12粒入りの箱を差し出され「全部食べていいよ」と言われたので、ありがたくいただくことにした。なんだ。この人、めっちゃ良いゴリラじゃん。

「それでね、佐々木くんから聞いてると思うけど、きみにバイトをお願いしたくて。ＳＮＳでうちのライブハウスのＰＲをお願いしたいんだよ」

「え？　バイトって、そういうことですか？」

「ヒィッ！」

「コロナでお客さんが減っちゃってから、なかなか客足が戻らなくてね。きみの力を借りたいんだ。で、インフルエンサーのPR案件についてググってみたら、1フォロワーにつき1円が相場って出てきたんだけど」

「へー、そうなんですか」

依頼のDMはときどき来るけど、ほとんど読まずに削除してたから、相場なんて全く知らなかった。

だって、私がSNSをやる目的は、みんなからいいねをもらうことだから。PRまみれになってフォロワーが引いちゃったら、意味ないもん。

「恋するヴァンパイアちゃんのフォロワーは約二万人だから、PR一回につき二万円が相場なんだろうけど……あいにく、うちは小さいハコだし、そんなには出せなくて……」

「私、お金には困ってないんで。ちょっとくらいならディスカウントしますよ〜」

「助かるなあ。じゃあ、千円でお願いできる？」

「せんえん」

思わずチョコ全部落とした。

「え待って？　フォロワー二万人に宣伝して千円ってことは、1フォロワーあたり、えっと……？」

素早く暗算した佐々木くんが「０・０５円」とぼそりと言う。

「やっす」

思わず白目を剥《む》きそうになった。

０・０５円ってつまり、相場から95パーセントオフ？　え、そんなことある？

急速に、自分の気持ちが引いていくのがわかった。

そんな安い金額で働きたくない。

かといって、ゴリラ相手に面と向かって逆らうのは怖すぎる。

「インフルエンサーの軽視……女の子を密室状態の店の中へ連れ込んで、断れない状況で無理やり契約させて……これが汚い大人のやり方……」

聞こえよがしにブツブツつぶやいて、遠回しに不満を伝えようとする私に、佐々木くんが「嫌なら断ればいいだろ」と突っ込む。それでも、さすがに千円は安すぎると思ったのか、

「店長、金額、もうちょっとなんとかなりません？」

と、私の代わりに交渉してくれた。

「んー、じゃあ、千百円。あと、うちのライブハウスにいつでも無料で入れる権利。未成年は21時までだけどね」

「要らないです。私、ライブハウスとか興味ないし」

「あれ、そうなの？　佐々木くんの友達だから、てっきり君も音楽好きなのかと思ったけど」

ゴリラの言葉に、私は佐々木くんの方を見た。

「佐々木くん、音楽好きだったの？」

「あー……まぁ……」

佐々木くんが、困ったように目を逸《そ》らす。

「ライブがある日は毎週末、必ず来てるよ。あとたまに平日も。な？」

ゴリラが言うと、佐々木くんは「ええ、まあ」と曖昧《あいまい》にうなずいた。

ライブハウスに出入りするくらいだから、考えてみれば音楽が好きなのは当然なんだけど。そういえばこれまで、佐々木くんの好きなものが何かなんて考えたことがなかった。

……そっか。このライブハウスに来れば、佐々木くんに会えるんだ。

そう考えると、相場の二万円をもらうよりも、ずっと価値があるような気がしてくる。

「PR案件、引き受けます！」

私が言うと、ゴリラは白い歯を見せてニッと笑った。

「よかった。じゃあ、とりあえず今日から、よろしくね」

初回投稿のギャラとしてもらった千百円をポケットに突っ込むと、私は早速、佐々木くんと一緒にライブに参戦してみることにした。つい三十分ほど前に、シンガーソングライターの男の子のライブが始まったところらしい。

「簡単な仕事で良かったぁ。佐々木くんが夜のバイトとか言うから、もっと不穏なやつかと思ったよ」

「ライブがあるのは夜が多いから。夜間のバイトだろ」

「まあ、そうなんだけど。夜のバイトって聞くと、夜職的なの想像するじゃん。ラウンジ嬢とか」

「お前にラウンジ嬢は無理じゃないか」

「こんなに可愛《かわい》いのに？」

「他人に合わせて会話するとかできない」

「まあ、それはそう」

話しながら、佐々木くんが防音扉を押し開ける。

途端に、音楽が一気に押し寄せてきた。

熱気に満ちた人波の向こうで、スポットライトに照らされたステージが光を放っている。

「わぁー……」

思わずため息が漏れた。

スタンドマイクの前で歌うボーカルの男の子。

あらかじめ録音されたアップテンポの伴奏にのって、水のように澄んだハイトーンボイスが耳に流れ込む。

まるで声が香りをまとっているみたいに、彼から目が離せなくなった。

「すごい……」

私はぐっと背伸びして、隣にいる佐々木くんに顔を近づけ、「ねえ、あれ誰？」と聞いた。

「さあ、初めて見る。こんなに客集めるなんて相当人気あるな」

「もっと前の方に行こうよ」

私が誘うと、佐々木くんはしかめっ面で「やだ！」と首を振った。

「もみくちゃになる。俺は後ろでいい」

「えー。じゃあ私、行ってくる」

本当は、一緒に盛り上がりたい。そしてあわよくば、人混みに紛れて密着したい。重なって押しつぶされちゃいたい。

でも、無理強《じ》いして、突き放されたら意味ないもんね。欲張ってまたチャンスを逃すわけにはいかない。我儘《わがまま》はタダだけど。

私は一人、混雑した客席の中へと足を進めた。いきなり前の方に行くのは怖いので、真ん中より少し後ろくらいの位置で、ひとまず様子を見てみる。

ズンズンと振動を伴う重低音が、心地よく身体《からだ》に響く。お客さんたちはみんな、ステージに向かって声援を飛ばしたり音楽に乗りながら掛け声を入れたりして、リラックスした様子で楽しんでいるようだった。

やがて曲が終わると、歌っていた男の子はスタンドからマイクを取って、客席に向かって話しかけ始めた。

「いやー、すごいね。みんなの熱気がここまで伝わってくる！　前列のお客さんは、いつも来てくれてるよね。初めての人は、ちょっと手挙げてみてくれるー？」

わ、顔だけじゃなくて普段の声もいい……。

私は手を挙げるのも忘れ、その場に棒立ちになって聞き惚《ほ》れた。

ふと、鼻先を漂う不快な匂いに気づく。

あ。そういえば、私、人混みが苦手なんだっけ……。

思った途端、一気に気持ち悪さがこみあげた。

「っ……！　やば……！」

すみません、と謝りながら人の間をすりぬけて、何とか後ろの方まで戻ってくる。

ゼエゼエとあがった息を整えていると、壁に寄りかかってライブを鑑賞していた佐々木くんに「お前何やってんだ」とあきれられた。

「初心者のくせに、いきなり最前に行こうとするな」

「だって、少しでも近くで見たいんだもん。佐々木くんはそんな後ろの方で満足なの？」

「どこで聴いても一緒だろ。音楽は音楽だ」

「嫌！　私はボーカルの顔面を近くで楽しみたいの！　こんなところで負けたくない！」

「何にだよ」

「自分に！」

宣言して、私はもう一度、客席の中に飛び込んだ。

「行ってくる！」

集団になった人間が作り出す匂いは、結構えげつない。

不快な体臭の渦に翻弄されて、ふらっと立ち眩《くら》みがした。

でも、今度は負けない。

だって、この匂いに慣れなきゃ、ライブにいられないもん。佐々木くんと一緒に、私も音楽を楽しみたい。好きな人の好きなものを、私だって好きになりたいよ。

それに、あの男の子の歌声を、もう少し近くで聴いてみたい気もするし。

「それじゃあ、次の曲いくよ！　準備はいいかー!?」

ＭＣの問いかけにみんなが声援で応《こた》えると、男の子は再び歌い始めた。

その声を聞いているうちに、だんだん気持ちがラクになってくる。男の子の発するハイトーンボイスが、周囲に充満した不快な匂いを塗り替えていくみたいだ。

すごい……歌に、こんな力があるんだ。

光に吸い寄せられる蛾《が》のように、私はふらふらとステージに近づいた。

いいじゃん。ライブって、楽しい。音の波に溺れるのが、クセになる。あのボーカルの子の声、何なんだろう。ふわっと甘くて、でもお花ともスイーツとも違う、不思議な香りをまとっている。すごくイイ。頭がぼんやりして、何も考えられなくなる。

私と同じように彼の声に魅せられたのか、他のお客さんたちもみんな、ステージの方まで近づいてきていた。周囲を人に囲まれて、いつの間にか身動きが取れなくなっている。

後ろから押され、かくっとバランスを崩した。

足元で嫌な感覚がして、

「――え？」

驚いて下を向くと、左足の靴のヒールが、根元からぽっきり折れていた。

「ウソ……!?」

折れたヒールを拾おうと、あわててかがみこむ。すると今度は右の方から押され、その勢いで右足の靴が脱げてしまった。

脱げた靴は、誰かに蹴飛ばされて、あっという間に見えなくなってしまう。

右足は裸足《はだし》、左足は折れたヒール。何とか後ろに戻ろうとふりかえると、押し寄せてきた人の波にぐわっとぶつかる。バランスを崩し、ステージと客席を仕切るU字形のバーにお腹《なか》を思いきり打ち付けた。

「……ッ！」

痛みで一瞬、息が止まる。

後ろからぐいぐい押されて、体勢を立て直せない。

「う……っあ……！」

あえぎながら視線を上げると、光に満ちたステージがぼんやりと視界ににじんだ。

マイクを持って歌う男の子の声が、だんだん遠のいていく。

佐々木くん――助けて――……。

視界が消えかかったその時、誰かがひょいっと私の身体を抱き上げた。

「大丈夫？」

「…………へ？」

いつの間にか、音楽が止まっている。

「何？」「どうしたの？」と周囲がザワつく中、男の子はかがみこんで私の足もとに触れた。それでようやく、彼がライブを中断して助けてくれたのだと、遅れて理解できた。

「足、怪我してるね。靴、どうしたの？」

「なんか、脱げちゃったみたいで……」

男の子はマイクを握ると、「この子の靴、どこかにあるー？」と、客席に呼びかけた。

すぐに「あっ、ここにありますー！」と声があがって、お客さんの一人が脱げた靴を持ってきてくれる。

「この子、足怪我してるみたいで。みんな、通してあげて」

彼の一声で、モーセのごとく人混みがサッと割れて、フロアの真ん中に花道のように通路ができた。

な、なんて統率された信者たち……。

男の子が私を抱きかかえたまま進もうとするので、私はあわてて口を開いた。

「大丈夫！　一人で歩けます‼」

「そう？」

男の子が、すとんと私を床の上に降ろす。私は靴を履き直し、周りと目を合わさないようにしながら、サカサカと早足に歩いた。

き、気まずすぎる。信者の皆さん、ライブ中断してごめんなさい。ボーカル本人にお姫様抱っこされちゃったりしたけど、私のSNSを荒らしたりしないでね……！

「それじゃあ、再開！　みんな、もう一回テンションあげてね！」

客席を煽る声を背中で聞きながら、出入り口のドアの前まで戻ってくると、佐々木くんに「おい、大丈夫か」と後ろから声をかけられた。

「あれ、佐々木くん。前の方にいたの？」

「潰されてそうだったから様子を見に行こうとしたら、あの人が先に」

「えっ！　てことは、あのボーカルが余計なことしなければ、佐々木くんに助けてもらえたんだ……!?」

思わずステージの方を振り返り、「あいつ！」とボーカルをにらみつける。佐々木くんは、そんな私を、あきれ果てて見つめた。

「いや、助けてもらってその言い草……」

■

佐々木くんと一緒にロビーに出て、ようやくほっと一息つくことができた。

店長に接着剤をもらい、折れたヒールをくっつける。サテン生地を張った黒いパンプスは、持ってる靴の中でも一軍中の一軍。季節を問わずヘビロテしてきた、お気に入りの一足だ。

「まだまだ履きたかったのに……ショックすぎる……」

接着面は一応固定されたけど、またいつ折れるかわからない。完売済みの数量限定モデルだから、同じ靴を買うこともうできないだろう。

「むしろヒールで済んで良かったな。骨でも折れたら大ごとだった」

「……え。それ、心配してくれてる？」

「そりゃするだろ、人並に。だから助けに行ったし」

急に頬が熱くなった。改めて考えると、佐々木くんに心配してくれてもらえたのは、すごく嬉《うれ》しい。ずっと素っ気なくされてきたけど、やっと少しだけ、つけいる隙が見えてきたかもしれない。

ここぞとばかり、私はフラついたふりをして、佐々木くんにしなだれかかった。

「あぁ……なんか……やっぱりまだ気分が悪いかも……。佐々木くんのおいしーい血を吸ったら、元気出るかもしれないなーー……」

ちらっと上目遣いに見上げると、佐々木くんはスマホを開いて画面をダダダダッと連打していた。

「クソッ……豆腐が足りない……」

「え、ゲームしてる？」

脱力した。心配するようなこと言って、初めてデレてくれたと思ったら、次の瞬間にスマホゲームしてるなんてことある？　佐々木くん、情緒のオンオフどうなってんの？

「……それ、いつもコンビニでカード買って課金してるゲーム？」

「今話しかけるな。大事なところなんだ」

「はーい……」

ていうか、豆腐が足りないってどういう状況？　味噌汁《みそしる》でも作ってんの？

気になるけど、スマホ画面を叩《たた》く佐々木くんはいつになく真剣な表情で、とても口を挟めない。

隣にぴとっとくっついて、ゲームが終わるのを待っていると、ホールの扉が開いてお客さんたちがゾロゾロと出てきた。どうやらライブが終わったらしい。

「最高だったねー……」

「あの歌声、耳が溶けちゃうよ～」

みんな、めちゃくちゃ幸せそうな顔で、ライブの余韻に浸《ひた》っている。私に気づいて、「あ、さっき倒れた人！　大丈夫でしたか？」と声をかけてくれる人もいた。ライブを中断させた私をディスるどころか心配してくれるとは、なんて優しい世界だろう。バンドファンの世界ってもっと殺伐としているのかと思ってたけど、この界隈《かいわい》は平和みたい。

ホンワカした気持ちでお客さんたちを見送っていると、人の流れに紛れて、佐々木くんまでさりげなく帰ろうとし始めたので、あわてて腕を掴んで引き留めた。

「ちょっと、どこ行くの!?」

「いや……帰るんだよ。ゲームも終わったし」

「えー、まだ一緒にいたいよ。これからゲーセン行かない？」

「高校生は夜十時以降立ち入り禁止。それよりお前、バイトがまだ終わってないだろ。ちゃんとこのライブハウスの写真撮って投稿しとけよ」

そう言い残して、佐々木くんはさっさと去っていってしまった。

あーあ、さびしいな。でも、いつもよりずっと長い時間一緒にいられたし、まあいいか。

私は自分のスマホを取り出すと、ライブハウスのネオン看板を背景に自撮りして、＃ＰＲのハッシュタグをつけＳＮＳに投稿した。

今日は『Ｑ』っていうライブハウスに来たよ〜。

音響めっちゃよかった！！！　音楽好きにほんとおすすめ♡

知らないけどね、音響がいいかどうかとか。一応お金もらってやってることだから、ビックリマーク三つもつけて強調しといた。

Ｑの位置情報を入れて投稿すると、たちまちいいねがついた。増えていく数字を眺めながら、今日も佐々木くんの血が吸えなかった自分をなぐさめる。

あーあ。本当は二万人のいいねより、たった一滴でいいから佐々木くんの血液が欲しいのになぁ。

通知欄を何度も更新して、増えていくいいねの数を監視していると、いつの間にかロビーにはお客さんがいなくなっていた。

「店長、撤収終わりました」

よく通る声が聞こえて顔を上げると、さっき歌っていたあの彼が、大きなギターケースを背負ってスタジオから出て来るところだ。ゴリラが「今日も大盛況だったね

～」と愛想よく声をかけに来る。

「次は来週だっけ」

「はい、またお願いします」

男の子は丁寧に一礼すると、ドアを閉めて振り返り、真後ろのベンチにいた私に気がついた。

「あ、さっきの子。体調は大丈夫？」

「うん、もう平気」

ステージで見たのと同じ人がこうして目の前にいるのは、少し不思議な気分だった。

そしてやっぱり、改めて見ても顔がいい。肌もガチで綺麗《きれい》だし、これはバズの匂いがする……！

私はベンチから立ち上がると、ささささっと素早く隣に並んだ。

「あの、今日の記念に、一枚撮りません？」

「え、いきなり？」

「はーい、撮りまーす」

インカメを向けると、彼は慣れた様子で目線をくれた。私も大きく目を見開いてキメ顔を作り、カシャッとシャッターを切る。

画像を確認して、「ファッ」と思わず声が漏れた。

一発撮りとは思えないくらい、二人ともめっちゃ盛れてる。

「やっぱビジュ良い人はフィルター要らないねー！　これSNSあげていい？」

「いいよ。俺の名前も入れてくれたら嬉しいな」

「おっけー、なんていうの？」

「碧」

あおくん、と私が口の中でつぶやくと、彼はゆるやかに笑った。

「そう。俺、碧っていうんだ。来週もここでライブやるから、良かったら来てね」

やっぱ、声も良いな。ファンがつくのも、よくわかる。

去っていく碧くんを見送ると、彼との写真を投稿するため、早速SNSを開いた。

さっきの投稿のいいねがまだ落ち着いていなかったので、とりあえず先にストーリーにあげることにする。

ライブハウスの位置情報をしっかり入れて、送信した。


――碧くんにも会えちゃった♡　めっちゃ歌上手《うま》いの！　来週また行く～

■

朝起きたら、フォロワーが五千人も増えていた。

今まで何度かバズったことはあるけど、一晩で五千人は、私にしては珍しい。昨日の自撮りが良かったのかな～って一瞬期待したけど、注目を浴びているのは私ではなく碧くんの方だった。

恋するヴァンパイアさん、碧くんとお友達だったんですか？　碧くん情報、もっと発信してほしいです～。

碧くんのQでのライブ情報、もっと欲しい！

どうやら、私のアカウントをフォローすれば碧くんや『Q』の情報が手に入るって、音楽界隈で地味バズしたみたい。『Q』も碧くんもSNSをやっていないから、情報に飢えてたファンたちが私のアカウントに殺到したんだろう。

それから、もともとの私のフォロワーたちも、

カップルインフルエンサー始めたの?!　お似合いー♡♡

えっ、何このイケメン！　この間の無気力男子も良かったけど、この子もかっこいーー！


と、碧くんに食いついてくれているみたいだった。

私の好きな人は佐々木くんだから、カップル扱いされるのは心外だけど、碧くんのビジュアルをみんなが認めてくれるのは、普通に嬉しい。埋もれていたイケメンを私の手で発掘してやったぜ！　みたいな快感がある。

そして、翌週末。

また碧くんがライブをするというので、再び『Q』を訪れると、狭いロビーは女性のお客さんでごった返していた。先週よりも明らかに混んでいる。

もしかして、私がSNSで紹介したおかげ……？

ロビーに充満したコスメや香水の匂いに、ほんの一筋、甘くかぐわしい佐々木くんの体臭が混じっていた。クンクンと鼻を鳴らして香りのもとをたどると、ロビーの奥にあるスタッフルームからだ。

ガチャッとドアを開けると、上がり框《がまち》に作られた掘りごたつで、佐々木くんがゴリラと煎茶を飲んでいた。

「あ、恋するヴァンパイアちゃん。今日も来てくれたんだね～」

ゴリラが愛想の良い笑みを浮かべる隣で、佐々木くんは「お前、勝手に開けるなよ」と口を尖らせている。

「二人ともジジくさ……。なんでお茶飲んでるの？」

「今日はいつもより混んでるからな。音楽を快適に楽しむために、煎茶で心を落ち着けてるんだ」

きりっとして言う佐々木くんに、私は「へえ……」と乾いた声でうなずくことしかできなかった。

このライブハウス、黒い壁にネオンの装飾が施されていて、すごくかっこいいデザインなのに、なんでスタッフルームは掘りごたつなの？　ゴリラの趣味？

「恋するヴァンパイアちゃんもお茶いる？　おせんべいもあるよ」

そしてゴリラはどうして、いつも私にお菓子をくれるの？

「いただきます……」

おせんべいを受け取ると、私は佐々木くんの隣に滑り込んだ。掘りごたつに突っ込んだ足の先がじんわりとあたたかい。まだ10月、こたつを出すには早いけど。

「あの、今日混んでるのって、私のＳＮＳ効果だと思いますよ」

煎茶を淹《い》れてくれるゴリラに向かって、私はさりげなくアピールした。

「碧くんとのツーショを、ここの位置情報と一緒に投稿したんです。そしたらまあまあバズって」

「お前、余計なことするなよ。混雑するようになったら俺が来づらいだろ」

佐々木くんがしれっと理不尽なことを言う。もとはといえば佐々木くんが紹介してくれたバイトなのに……。

「お客さんが増えるのは良いことじゃん！　佐々木くんも協力してくれたら、ここ、もっともっと人気になると思うよ。『無気力系イケメンがいるライブハウス』って話題になったりして」

「ならないだろ」

「なるもん！　むしろ本当はもっと佐々木くんの写真もアップしたいんだよ！　でもこの間プチバズして以来、写真撮らせてくれないから！」

私は、最近撮影した佐々木くんの写真をスマホに表示すると、「見てくださいよ、店長！」と、ゴリラに見せた。

「なにこれ、残像？」

「佐々木くんです」

私に盗撮されることをすっかり警戒した佐々木くんは、カメラを向けるたびにわざと俊敏に動いて、写真をブレさせるのだ。おかげで私の画像フォルダは、写真撮るのヘタクソ選手権に出したらグランプリを取れそうな画像だらけになってしまった。

碧くんは、今、バックステージでライブの準備をしているらしい。SNSがややバズしたことを伝えるために訪ねると、ちょうどギターのチューニングをしているところだった。

「わ。碧くん、ギターも弾くんだね」

声をかけると、碧くんは私を見て「あ、この間の子だ」と愛想よく微笑《ほほえ》んだ。

「『恋するヴァンパイア』ってきみ？　俺のこと、SNSで取り上げてくれたよね」

「そうなの。先週撮った碧くんとの写真をあげたら、フォロワー五千人くらい増えたんだよ〜。最近SNS停滞気味だったから、助かっちゃった」

「そうなんだ。アカウント見たけど、かわいい自撮りでいっぱいだったのに」

「いやー、SNSには美女いっぱいいるから。それに、長くやってると、載せるネタがなくなってくるんだよね〜。絵が描けたら体験漫画とか描くし、トークが上手かったらリール動画とかやるんだけど、私は顔しか取り柄がないから」

「音楽はどう？　ヴァンパイアちゃんの声って結構特徴的だから、歌声聞いてみたい人はいると思うよ」

音楽かあ、と私は口の中でつぶやいた。

「私、実はカラオケとかも行ったことないんだよね。ヒトカラとか通って、練習してみようかな」

「俺でよければボイトレしてあげようか？」

「え！　いいの？　レッスン料いくら⁉」

碧くんは「要らないよ」と首を振った。

「俺、恋するヴァンパイアちゃんの声、聴いてみたいんだよね。それだけ」

「え、でも無料はさすがに悪い……。あ、じゃあお返しに、碧くんのファンアカウント運営しようか？　私、バズるの得意だよ？」

私の提案に、碧くんは小さく肩をすくめた。

「いやー、そういうのはいいかな。今でも充分、お客さん入ってるから」

「もったいない。ＳＮＳって楽しいよ。碧くんなら絶対すぐ万アカになれるのに」

いくら薦めても、碧くんは曖昧に笑って流すだけだった。あんまり興味がないみたい。せっかくライブやってるのに、自分の音楽をもっと周りに知ってほしいと思わないのかな？

ボイスレッスンは、来週、私の家の近くのカラオケボックスでやることになった。交通費くらい払うよと私が申し出ても、碧くんは要らないの一点張りだった。

やがてライブの時間が近づくと、私は佐々木くんと一緒にホールへと移動した。

すでに大勢のお客さんが立っていて、先週とは比べ物にならない混み具合だ。だけど、いくら人がたくさんいても、私は動じたりしない。

もう、初心者じゃないから。

「いや初心者だろ。まだ来るの二度目だし」

佐々木くんのツッコミは、聞こえないふり。前回の反省を踏まえてぺたんこ靴で来たし、人の流れに乗る方法もなんとなくわかったし、気分はすっかり常連だ。前回のような醜態を演じることは、二度とないはず！

やがてライブの開始時刻になると、碧くんが舞台上に姿を現した。「碧くーん！」と客席からあがる声援に微笑で応えると、スタンドマイクを握って歌い出す。

初めて聴く曲だったけど、私は古参ヅラして、みんなと一緒に「オォーッ！」と盛り上がった。ＭＣでは「碧くーん!!」と声援を送り、サビの間は全身でリズムを取って音楽にノり倒して、我ながらニワカとは思えない適応っぷりだ。

もちろん、途中で写真や動画をアップして、『Ｑ』の宣伝を投稿するのも忘れていない。

そして時間が流れ、あっという間に最後の曲になった。

「次が最後の曲です。聴いてください。〝ＨＵＮＴ〟」

額に汗をにじませて、スポットライトの光を浴びる碧くんは、果てしなく輝いていた。周りにいる女の子たちはみんな、すっかり釘付《くぎづ》けになっている。

確かに、私から見てもすごくかっこいい。SNSだったら多分いいねを千回押してるだろう。

だけど――血を吸いたいとは思わないんだよね。見た目が好きかどうかと、恋できるかどうかは、別の話。周りにいるファンの女の子たちみたいに、碧くんに心酔することはできない。

私がそれをしたい相手は、別の人だから。

私の好きな人は、佐々木くん。スポットライトなんか浴びたら一瞬で溶けちゃいそうな無気力男子だけど、そういうところも含めて、私が一番好きな人だ。


あっという間にライブは終わり、私は佐々木くんと一緒に、他のお客さんに混じってぞろぞろと『Q』を後にした。碧くんに一言かけてから帰ろうかとも思ったけれど、今日は初めて来たお客さんが多そうだったから、やめておいた。仲良く話しているところを見られたら、ファンと繋《つな》がっていると誤解されてしまうかもしれない。

SNSをチェックすると、DMでの問い合わせ件数が過去最多だった。碧くんが歌っている動画が、特に評判がいい。このイケメン誰ですか?!　みたいなコメントがたくさんついている。

「私もボイトレ頑張ったら、碧くんみたいに歌えるようになるのかなあ……」

通知欄を流し見しながらつぶやくと、隣にいた佐々木くんが「ボイトレ？　やるのか？」と意外そうに聞いた。

「うん。碧くんがマンツーで教えてくれるって」

何の気なしにそう答えると、佐々木くんは視線を落として黙り込んでしまった。

え？　なんで黙るの？

もしかして……。

「妬《や》いてる？」

「んなわけないだろ」

心外そうに即答されて、胸のときめきが霧消した。違うんかい。

「そうじゃなくて、ちょっと怪しいと思ったんだよ。碧くらい人気のある歌手が、なんで素人のお前に無料でボイトレするんだ？」

「私がインフルエンサーだから、お近づきになりたいとか？」

「SNS欲求があるなら、自分のアカウントくらい持ってるだろ」

「じゃあ、すごく親切な人なんじゃないの？」

「……なんか怪しいな」

「そんなに怪しむなら、佐々木くんが私にボイトレしてよ！　音楽、好きなんでしょ?!」

一瞬、間があった。

「――いや」

口ごもりながら、佐々木くんは、不自然に遠くを見るような目つきで続けた。

「俺は、音楽は辞めたんだよ」

■

翌々日の日曜日。

私は碧くんのボイトレを受けるために、近所のカラオケボックスへと向かった。一階のロビーで待っていたら、待ち合わせ時間の少し前に、碧くんからラインで部屋番号が送られてきた。早めに来て、先に受付を済ませておいてくれたらしい。

「わー、なんかごめん。色々やってもらっちゃって」

「全然」

今日の碧くんは、無地のTシャツにカーディガンを羽織っている。ゆるっとしたラフな格好だ。

「なんか、私服、全然バンドマンぽくないね」

「そうかなあ。もっと革ジャンとか着た方がいい？」

しばらく雑談してから、ボイトレが始まる。

早速歌うのかと思ったら、いきなり手を引いて立たされ、首や肩のストレッチをさせられた。喉の周りの筋肉が柔らかくなっていないと良い声が出ないらしい。

それから、立ち方を教えてもらって、腹式呼吸のトレーニング。ふうふう言いながらお腹をふくらませたりへこませたりして、筋肉を鍛えた。

「やば、地味に見えてこれ結構キツイ」

「ヴァンパイアちゃん、全然腹筋ないね。家でも毎日筋トレした方がいいな」

絶対いや。

ストレッチの次は、いよいよ発声練習。

言われた通りの姿勢で立ってみると、自分でも驚くくらいに綺麗な声が出た。

「すごい、初めてなのにしっかり高音が出てるね。才能あるよ」

「本当？　私、歌い手とかもいけるかな？」

「いけるいける。百万再生もきっと余裕」

碧くんのレッスンは、基本的にめちゃくちゃ褒めてくれるスタイル。優しくて紳士的だし、教えるのもすっごく上手だから、リラックスしてボイトレを受けることがで

きた。

レッスン頑張って、歌が上手になったら、佐々木くんも褒めてくれるかな？　一緒にカラオケ行ったりして、私の歌唱力で佐々木くんの視線を釘付けにしたいよ。そして、美声に魅了された佐々木くんの首筋にかぷっと噛みついて、おいしい血を……。

「髪、邪魔そうだね。耳にかけたら？」

碧くんに声をかけられ、ハッとして顔を上げた。ボイトレの途中なのに、佐々木くんとの妄想に浸っちゃってたみたい。

耳にかけたはずの横髪が、いつの間にか零《こぼ》れ落ちて頬にかかっている。その髪を、碧くんの指がすくって私の耳にかけ直した。長い指が耳の裏側に触れ、首筋がぞくりと粟立《あわだ》つ。

正面から顔をのぞきこまれ、茶色のカラーコンタクトに縁どられた瞳が、まっすぐに私を捉えた。

「きみの髪、やわらかいね」

吐息交じりの声が、鼓膜を震わせる。優しいけど、どことなく狂暴な声。

視界がぼうっと滲んだ。

頭の奥がしびれて、背骨が芯からじわじわとトロけていくような感覚がした。

手足が指先から重たく熱を帯びて、ずっしりと重たくなっていく。

気持ち良いのか気持ち悪いのかもわからない――ただ、あのほろ苦い香りだけが、むせかえるように目の前に充満している。

朦朧《もうろう》とする意識の中、気が付いたら碧くんの顔が目の前にあった。

……え？　キスされる？

「やめて！」

反射的に手を出してドンと強く押しても、目の前の身体はびくともしない。それでも、私の拒絶の言葉を汲《く》み取ったのか、碧くんはすっと顔を離した。

「碧くん、今……私に何しようとしてたの……!?」

「キスだけど」

碧くんは悪びれた様子も見せず、まるで動物を観察するような無感情な視線で、私のことを見下ろしている。

いや、「キスだけど」じゃないし……!!　何、しれっとしてんの!?

思わず自分の唇をぬぐった。

混乱状態の私に、碧くんがいたずらっ子のように微笑みかける。

「ごめんね。嫌だった？」

「……嫌……ていうか……」

なぜか即答できず、私は口ごもった。

頭の中に靄《もや》がかかったように、自分の気持ちが急にわからなくなる。

私、嫌だったのかな？　私の好きな人は佐々木くんだから、碧くんにキスされたら嫌なはず。……あれ、でも、佐々木くんとはキスしたいんじゃなくて血を吸いたいんだっけ……？

碧くんとのキスも、もしかしたら嫌じゃなかった、のかも？

「いやいや……嫌に決まってるでしょ。いきなりキスとか、ありえないし」

「そっか、ごめんね。先にちゃんと告白しておくべきだったよね」

悪びれずに言うと、碧くんは改めて私の目を見つめた。

「俺、恋するヴァンパイアちゃんのこと、好きになっちゃったみたいで。――良かったら、付き合ってくれないかな？」

「え……え……」

碧くん――私のこと、好きなの？

いよいよ頭の中がキャパオーバーになってきた。

学校にも行っていない私にとって、ナンパ以外で男の子から好意を寄せられるなんて初めての経験だ。

「いや……でも……私の好きな人は……佐々木くんだから……」

ごにょごにょ言いながら、内心では迷っていた。

佐々木くんには遠く及ばないけど、碧くんもガチなイケメンだし、フっちゃうなんてもったいないかもしれない。碧くんとならカップルインフルエンサーもやれる気がする。いやでも佐々木くん以外の血を吸うなんてありえない、し……？

「とりあえず……急にキスとかは、やめてよ。次やったら、ＳＮＳに晒《さら》すからね。そうなったら碧くん、大炎上だよ？」

「ごめんね。もう勝手にキスはしない。ちゃんと、きみに好きになってもらってからにするよ」

「──うん？」

それって、どういう意味？

「じゃあ、ボイトレに戻ろうか」

よくわからないまま碧くんのペースに流されて、なぜか普通にボイトレが再開された。碧くんが何事もなかったかのように私に接してくるので、私もつい一生懸命練習してしまい、結局全てがつつがない雰囲気のもとで終了した。

帰る前に碧くんが一曲歌ってくれて、その声が素敵で私は感極まって涙目にさえなり、駅前で碧くんを見送った時にはしっかり次のボイトレの約束を交わしていた。

「──うん？」

いやいや、何これ。

家に帰ってから「バンドマン　キス」で検索してみると、調子に乗ったバンドマンに弄《もてあそ》ばれた女の体験談が死ぬほど出てきた。

つまり、バンドマンとはすぐ女の子にキスする人種、ってことかな。さっき私にキスしようとしたのはきっと、お腹が空いたからチョコでもつまむか、くらいの軽い気持ちだったのかも。一度拒否したらそれ以上は手を出してこなかったし、まあいいか。

納得した私は、ノコノコと二度目のボイトレにも出向いた。レッスンは相変わらず楽しいし、碧くんはキスどころか、私に指一本触れてこなかった。

「そういえば、今週末『Q』でライブやるから。良かったら見にきてよ」

そう誘われたのは、三度目のボイトレでのことだ。

「初めて発表する曲もあるから、ヴァンパイアちゃんにも聴いてほしいんだ」

「行く行く！」

「あとでラインからチケット送るよ。良かったら、前に一緒に来てたあの男の子の分も」

私は急に歯切れが悪くなり、「あー……うん」と曖昧にうなずいた。

「佐々木くんのことだよね？　実は連絡先知らないんだけど……会えたら誘ってみるよ」

実は、最後に碧くんのライブを一緒に見て以来、佐々木くんとは一度も会っていない。毎晩、家の窓を開けて佐々木くんの匂いを探しているけど、見つけられずにいる。

『Q』にも何度か足を運んだけど、佐々木くんの姿はなかった。

世の中の高校生にはテストとか試験とかあるっぽいし、もしかしたら家にこもって勉強している時期なのかもしれない。理由はどうあれ、長い間佐々木くんに会えないのは、さびしかった。

かといって、こちらから連絡を取って誘うことはできない。私は佐々木くんのＬＩＮＥも電話番号も知らないから。

知っているのは、血液の匂いだけ。

第 3 章　THE VAMPAIRE

3

何度か街をうろついてみても、佐々木くんの姿は見つからないまま、私は週末のライブを迎えた。

佐々木くんと来たかったなあ……なんて思いながら、『Q』のドアを開ける。その途端、かぐわしい匂いが鼻先をかすめた。

「これ……佐々木くんの匂い!!」

あわてて中へと駆け込む。

ロビーの奥に立っている佐々木くんを発見して、思わず目がうるんだ。

「佐々木く――――ん!!　久しぶり――――!!」

駆け寄って飛びつこうとすると、佐々木くんは迷惑そうにさっと横によけた。

「なんだ、お前か」

久しぶりの再会だっていうのに、相変わらずそっけない。でも、この体臭は、何度嗅いでもゾクゾクしちゃう。他の誰とも違う、極上の香りだ。

「最近全然会えなくて、寂しかったよ！　どうしてたの？」

「あー、ちょっと。家にこもって作業してた。本当は今日も来るつもりなかったけど、碧がライブやるって聞いたから」

佐々木くんの言葉に、私は「わかるー」とうなずいた。

「碧くんの声、めっちゃいいもんね」

「いや、それだけじゃなくて……」

その時、ゴリラがロビーに出てきて、ホールの扉を開けた。

「開場しまーす！　押さないで順番に入ってください」

ロビーにいた女の子たちが、さりげなく周りと競いながら、早足に中へと入って行く。客席は、あっという間に人でいっぱいになってしまった。前の方はフェスみたいに、人がぎゅうぎゅうになっている。

私がSNSで紹介して以来、碧くんファンはすごい勢いで増えているみたいだ。

本当は私も前に行きたいけど、久しぶりに会えた佐々木くんの隣にいたいからガマン。

だって後ろの壁にもたれながら、佐々木くんと並んで会場をながめていると、まるでライブに来たカップルみたいな気分になれるんだもん。

ふと横を見ると、佐々木くんは熱心にスマホを叩《たた》いていた。いつものアプリゲームだ。しばらくプレイすると、「あぁっ、クソ！」と悔しそうな声をあげて、スマホをポケットにしまった。

「どうしたの？」

「ガチャで惨敗《ざんぱい》した。ＳＳＲ出現率が五割増しの神イベント中だったのに……」

「それってこの間話してた、豆腐のゲーム？」

「ガーディアンズ・オブ・ダイズ。畑で生まれた大豆が納豆目指して旅するファンタジーだ」

「……」

「泣けるぞ」

「……へえ」

なんで納豆を目指すんだろう。豆腐じゃダメなの？　醤油《しょうゆ》は？　味噌《みそ》は？

などとぼんやり考えているうちに開演時間になり、照明が暗くなった。

客席が静まり返り、誰かがほうっと期待に満ちたため息をつく。

ライブが始まる瞬間の、この空気が好き。客席にあふれる連帯感。この場にいる人みんなが、碧くんの登場を心待ちにしているのがわかる。

時間になり、碧くんが出てくると、客席から黄色い悲鳴があがった。でもどれだけファンが増えても、碧くんはいつもと同じだ。リラックスした様子でスタンドマイクの前に立ち、自作の曲を次々と歌いあげていく。

「後ろの方で見るのも、結構いいね」

四曲目が終わる頃、私は隣にいる佐々木くんに声をかけた。

「後ろだとお客さんが楽しんでる様子が見えるし、会話もできる。前の方はガチ勢が多いから、曲の合間も私語禁止みたいな雰囲気があるんだよね」

「そういうもんか。俺は前で見たことないから、わからないな」

佐々木くんの目は、怖いほどまっすぐにステージの方を向いていた。まるで碧くんに、何か因縁でもあるみたいに。ずっと家にこもってたって言ってたのに、今日はわざわざ碧くんのライブを観に来てるし、一体どうしたんだろう。

一気に四曲を歌い終えた碧くんは、少し息を切らしながら、ＭＣを始めた。さっきから何度か目が合っている気がする。一番後ろの壁際にいる私のことなんて、見えるはずがないのに。

「みんな、今日のライブに参加してくれてありがとう。俺さ、声の力を信じてるんだよね。声には人の心を動かせる力があるって思う。だから今日は、渋谷中に、みんなの声も届けていこう！」

みんなが声援で応《こた》えると、碧くんは小さくうなずいて続けた。

「次の曲は、ある人に感化されて作った新曲です。それでは聴いてください。――

〝LOVER《ラヴァー》〟」

「ださっ」

思わず私が声に出すと、佐々木くんが「ダサいか？」と首をかしげた。

「ダサいよ！　LOVERなんて曲名、直球すぎて恥ずかしい」

「じゃあお前なら、どんなタイトルにするんだ？」

「私？　そうだなー……」

私はスマホを取り出して、テキストを打った。

碧くんが歌い始めた新曲『LOVER』は、落ち着いた曲調のバラードだった。少し陰のある仄《ほの》暗いメロディに、誰かに片想いする気持ちを綴《つづ》っているみたい。

この静かな曲にぴったりのタイトルは――ええと――

「〝✝封印サレシ堕天使ノ狂騒曲✝ ～Schwarzes Engel～〟ってどう？」

「ウザい」

「ダサいじゃなくて!?」

「ウザい」

二度言われてしまった。

おかしいなぁ、全力でカッコいいタイトルを考えたのに……。

「じゃあ、佐々木くんならどんなタイトルにするの？」

「そうだな……」

少し考えこんでから、佐々木くんはおもむろに口を開いた。

「〝ピュアボーイのちょびっとHEART〟ってのはどうだ？」

「恥ずかし!!!」

そういえば佐々木くんって、ネーミングセンスないんだっけ。

なんだか急に、碧くんのつけた〝LOVER〟っていうタイトルが、悪くないように思えてきた。少なくとも、〝ちょびっとHEART〟よりマシなのでは…？

曲名はさておき、碧くんの新曲は素敵だった。シンプルな曲調が、碧くんの少しかすれた高音を引き立てている。直線で降り注ぐ照明に包まれ、伸びやかに歌う碧くんの姿に、お客さんたちはみんな釘付《くぎづ》けになっていた。

「あいつ、さっきからずっとお前の方見ながら歌ってるな」

「あ、やっぱり佐々木くんもそう思う？　私もそんな気がしてたの」

「なんでだろうな」

「……さー。私のこと、好きとか？」

もしかして、妬《や》いてくれるかも。

そう期待して聞いたのに、佐々木くんは短く「かもな」と答えただけだった。

碧くんが本当に私のことを好きだったとしても、佐々木くんは気にしないのかな。

そう思ったら、急に悲しくなった。どれだけ率直に気持ちを伝えても、いつも一方通行だ。佐々木くん、私の事なんてどうでもいいみたい。

ステージの方を見ると、また、碧くんと目が合った気がした。片想いの気持ちを歌ったバラード、本当に私のために作ってくれたんだろうか。

もしかして結構本気で、私を落とそうとしてくれているのかもしれない。

ますます悲しくなった。好きな人には好きになってもらえなくて、そうじゃない人は好意を寄せてくれるなんて、皮肉だ。

両想いになるって、難しいなあ。

■

「あ、佐々木くんとヴァンパイアちゃん。ちょっといい？」

ライブを終えてロビーに出たところで、ゴリラが声をかけてきた。

「碧くんから伝言。見せたいものがあるから、バックステージに来てほしいって」

佐々木くんが、「え？　俺も？」と戸惑った声を出す。

言われるがまま、二人でバックステージに行くと、私服に着替えた碧くんが私たちを待っていた。

「ヴァンパイアちゃん、来てくれたんだ。今日のライブ、楽しんでくれた？」

「うん！　新曲のバラード、浸《ひた》ったよ〜。音源で欲しくなっちゃった」

タイトルがダサかったよ、とは言わないでおく。

「あの……俺も来るようにって言われたんですけど、何すかね？」

佐々木くんがおずおずと聞くと、碧くんは「そうそう」とうなずいて、カバンの中から一冊の本を取り出した。図鑑みたいに分厚くて、中のページはすっかり変色して黄色くなっている。

「この本、きみも興味あるかと思って。実家に置いてあった古い本なんだけど、中世の時代のヴァンパイアについて書かれてるみたいなんだ」

「へー。見せて見せて」

私が横からのぞきこむと、碧くんはページを開いた。そこには、アルファベットが細かな字でびっしり並んでいる。

「英語⁉」

「ルーマニア語だよ」

「るーまにあ？　どこそれ？」

「ヨーロッパの東にある国。僕の母、ルーマニア人なんだよ」

「え、碧くんってハーフだったんだ」

言われてみれば確かに、碧くんは彫が深くて、日本人っぽくない顔立ちしている。塩系ヴィジュの佐々木くんとは対極のタイプだ。

「育ったのは日本だけどね。ルーマニア語も母から教わってるから、多少は読めるよ」

碧くんは本をめくって、中ほどのページを開くと、すらすら読み始めた。

「──捕食者《ヴァンパイア》たちは夜に紛れて人間を襲い、その血液をすることで生きている。ヴァンパイアの集団に襲われたと思われる集落では、一夜にして数百人が被害に遭うこともしばしばあった。血液を吸われ干からびた人間の死体が、町中を埋め尽くしていたという」

ヒェ……昔のヴァンパイアやば……。

ぞわっと寒気がして、私は二の腕をさすった。

私はまだ吸血バージンだけど、干からびるまで吸い尽くすなんて、そんなひどいこと絶対できないよ。

本には挿絵も描かれていた。コウモリみたいな羽根を生やしたヴァンパイアの横顔だ。鋭《とが》く尖った八重歯をむき出しにした笑顔で、楽しそうにこちらを見ている。

「人類はヴァンパイアへの抵抗の術《すべ》を持たず、ひたすらに夜を恐れて過ごした。そんな闇の時代に光をもたらしたのが、駆除者《ハンター》の存在である。彼らはその力を以《もっ》てヴァン

パイアたちに対抗し、捕らえたヴァンパイアをなぶり殺し――」

「なぶり殺し⁉」

「その遺体を串刺しにして荒野に晒《さら》した」

「串刺し⁉」

「駆除者の出現により、ヴァンパイアは徐々にその数を減らしていき、ついに滅亡したと思われる」

「滅亡⁉」

いちいちリアクションを取る私に、「うるさい…」と佐々木くんがボヤく。

「確認されている最後の目撃例は、1723年に駆除された女性のヴァンパイアであり、この頃に滅亡したものと思われる。しかしヴァンパイアの寿命は極めて長いため、駆除者の一部は、現在でもヴァンパイアが生存している可能性を指摘している。特に、ヴァンパイア一族を統《す》べていた〝デコ家〟の末裔《まつえい》は、これまで捕獲の前例がなく、どこかに隠れている可能性は高い――だってさ」

碧くんは本から目線を上げると、試すように私を見た。

「……ここに書かれていたことを信じるなら、きみはもしかして、最後のヴァンパイアの生き残りだったりして？」

「え――」

私が？　最後のヴァンパイア？

そんなわけない――と思うけど、そういえば確かに、他のヴァンパイアたちがどうしてるのか私は何も知らない。

「そんなわけないだろ」

言葉を失う私に代わって言ったのは、佐々木くんだった。

「現代にヴァンパイアなんているわけがない。こいつは、自分をヴァンパイア設定してる、ただの痛い女だ」

こういう時に動じないのは、佐々木くんの良いところだ。

「いやいや、私は本物のヴァンパイアだから」

訂正しつつ、私は碧くんの方を見て続けた。

「でも、生き残りとかデコ家とか、そういうのは聞いたことがないよ。ヴァンパイアを知らない人が書いたおとぎ話じゃないの？」

「確かに。古い本だしね」

碧くんはあっさり納得すると、ぱたんと本を閉じ、出入り口の方へと視線を向けた。

それを合図にしたかのように、ドアが開く。

「失礼しまーす……」

顔をのぞかせたのは、茶髪を切りっぱなしのボブにした綺麗《きれい》な女の人だった。ナチュラルな薄化粧に見せかけてるけど、エラや鼻筋にはシャドウ、鼻筋にはハイライトを強めに入れていて、実はきっちりメイクをしてるのがわかる。

女の人は伊倉《いくら》と名乗り、佐々木くんを見るとはしゃいだ声をあげた。

「わあ、鞘《さや》くん！　本物だあ！」

「なんで俺の名前……」

私はその時初めて、佐々木くんの下の名前が鞘だと知った。イニシャルSSなんだなあ、などとどうでもいいことを考えてしまう。

伊倉さんは、じゃれつくように佐々木くんにすり寄った。

「最近全然ライブしてくれなくて、どうしたんだろうって思ってたんです。そしたら解散したってウワサで聞いて、びっくりしました。でも、『Q』に通ってたらいつか会えるんじゃないかって期待してたんですよ。何度も来るうちに店長とも仲良くなって、そしたらさっき、今楽屋にいるよって教えてもらったんで、失礼かなと思ったんですけど来ちゃいました」

え？　え？

私は目をしばたたいて、伊倉さんを見た。

つまり、佐々木くんがバンドか何かやってたってこと？

もっと詳しく聞きたかったけど、佐々木くんが明らかに困っているので、口を挟みづらい。伊倉さんが早口にしゃべる間、佐々木くんはずっと、この場を離脱する理由を探すかのように目を泳がせていた。

「私、鞘くんにあこがれてバンド始めたんですよ！　あの、私のギターにサインしてくれませんか？」

伊倉さんは背負っていたギターケースを下ろすと、佐々木くんににじり寄った。

「いや……もう、バンドはやってないから」

「えー。それじゃあ、写真だけ」

「いや、それも……」

「ね、お願い」

伊倉さんはスマホを構え、強引に佐々木くんと腕を組もうとする。しかし佐々木くんは、サッと身体《からだ》を引くと、

「あの、俺――用事があるんで！」

そう言い残し、ダッと走っていってしまった。

「あ、逃げた」と、楽しそうな碧くんの声。

「えー、ちょっと待ってよ～」

追いかけようとする伊倉さんの腕を、私はあわてて掴《つか》んだ。

「あの！　佐々木くん、嫌がってるみたいだから、やめてあげてください！」

「え〜、せっかく会えたのに〜。鞘くんと繋《つな》がれるチャンス、絶対逃したくないよ。彼のこと、一番よくわかってるのは私なんだから！」

うわあ。

伊倉さん、なかなかの厄介オタクだ。周りが強く止めれば止めるほど、逆境を感じて燃え上がってしまうタイプ。こういう子を説得するのは、どうしたらいいんだろう。

「仕方ない……これを出すしかないか……」

私は、カバンの底にある隠しポケットから、ＰＰ袋に入った写真の束を取り出した。

これだけは——これだけは、誰にも見せたくなかったけど——でも、佐々木くんの心の安寧《あんねい》のためなら仕方がない。

苦渋の決断で取り出したのは、佐々木くんの隠し撮り写真。物陰に隠れたりよそ見をしている隙を狙ったりしてコツコツと撮りためてきた、珠玉のコレクションだ。

疲れた時に見ると元気が出るから、いつも持ち歩いてたんだけど、まさかこんな形で役に立つ日が来ようとは……。

「伊倉さん——これを見て!!」

私が写真をずいっと突きつけると、伊倉さんの目の色が変わった。

「こ、この写真は……プライベートの鞘くん……！　くださいありがとう！」

「その代わり、佐々木くんを追いかけるのはやめてくれる？」

「うーん。まあ、いいですよ。今日のところはあきらめます」

伊倉さんは佐々木くんの写真を、いそいそと大切そうにカバンにしまった。

「あの……佐々木くんって、どんなバンドやってたんですか？」

「いろんな曲作ってましたよ。エレクトロ調のロックが多かったかな。『38』っていう名前の、二人組ユニットで」

「二人組!?　まさか女と？」

伊倉さんは、「ちがう、ちがう」と軽く手を振った。

「幼なじみの宮本流星《りゅうせい》くんっていう男の子と、です。佐々木くんがコンポーザーで、宮本くんがボーカル。バンド名の『38』は、二人の名前からとったんじゃないかな」

38（みや）本と、38（さや）。確かにどちらも、38で語呂合わせできる。

伊倉さんが見せてくれたスマホの画面には、今よりも少し幼い佐々木くんが、見知らぬ男の子と一緒に写っていた。彼が宮本くんだろう。ダウナーな雰囲気の佐々木くんとは対照的な、人懐っこい笑顔の男の子だ。

「二人とも未成年だし、ライブはたまにしかできなかったけど、音楽ファンの間ではそこそこ有名だったんですよ。でも、急に解散しちゃって」

「解散？　どうして？」

「さあ、そこまでは……」

首をかしげる伊倉さんに、「店長なら知ってるかもね」と碧くんが口を挟んだ。

■

佐々木くんが組んでいたバンドについて知りたいとゴリラに相談したら、後日、オープン前の『Q』に呼び出された。何やら私に渡したいものがあるらしい。

いつもの掘りごたつに私を座らせると、ゴリラは季節外れのミカンをむきながら、

「38の作る曲ね、俺も好きだったんだよな～」と残念そうにこぼした。

毛むくじゃらの手はグローブみたいに大きくて、ミカンの房がやたらと小さく見える。

「なんで解散しちゃったんだろうなあ。続けてたら、メジャーデビューだって夢じゃなかったのに」

「店長も解散の理由は知らないんですか？」

「うん。相方の宮本くんは、もう『Q』にも来なくなっちゃったから、もしかしたらケンカ別れだったのかもね。ほらバンドマンって、音楽性の違いとか言ってすぐ揉《も》めるから」

「えー……あの温厚な佐々木くんが、誰かとケンカしたりするかなあ……」

「仲の良い二人だったけどね。他人の目にはわからないこともたくさんあるから」

ゴリラはあっという間にミカンを食べ終えると、こたつに入ったまま「よっ」と腕を伸ばし、棚に入っていたUSBスティックを手に取った。

「これ、『38』の曲の音源。ライブ用に預かってたんだけど、直後に解散しちゃってさ。佐々木には破棄してくれって言われたけど、もったいなくて捨てられずにいたんだ」

USBには、小さな黄色い豆のキャラクターがついていた。もしかしたら、佐々木くんがよくやっている大豆のアプリゲームの主人公かもしれない。

「よかったら、ヴァンパイアちゃんにあげるよ」

「いいの？」

「まあ、佐々木は嫌がるかもしれないから、内緒で。未公開の新曲も入ってるみたいだよ」

「へー……」

佐々木くんが、幼なじみの宮本くんと作った曲。

一体どんな音楽なんだろう。

帰宅後、さっそく再生してみて、拍子抜けした。

「これ、歌声入ってないじゃん……!!」

カラオケで流れる曲みたいに、伴奏しか流れない。ライブ用音源だから考えてみれば当たり前なんだけど、それにしても味気なかった。これじゃあどんな曲なのかよくわからない。

それでも、良い音楽なのはわかった。メロディが、リズムが、手招きするみたいに引き寄せてくる。聞いていてテンションが上がる曲も、しんみりしてしまう曲もあって、歌声がなくてもずっと聴いていられた。

でもだからこそ、宮本くんの声が入るとどんな音楽になるのか、気になってしまう。

くそー、聴いてみたい。YouTube に盗撮映像とか落ちてないかな……。

だめもとで検索してみたけど、やっぱりなかった。それでもあきらめきれず、『佐々木』『宮本』『Q』『バンド』などのワードを組み合わせてSNSをパブサすると、ファンの投稿がちょいちょい引っかかる。でも、「最高!」とか「たのしかった」とか感想を述べるにとどまっていて、音楽そのものはどこにも落ちてない。

佐々木くんに頼んだら、歌入りの音源をくれないかな。

くれないよね。バンドの話されるの、嫌がってたし……。

伊倉さんに話しかけられた時、佐々木くんはあからさまに居心地悪そうにしていた。何か、バンドをやっていた当時のことを思い出したくない理由があるんだろう。もしかしたら、ゴリラが言っていたように、ケンカ別れだったのかもしれない。

最後に再生した曲のフォルダ名は、「無題.ｗａｖ」となっていた。まだタイトルすらつけられていない。

何気なくクリックして、出だしの音が流れてきた途端、胸に息苦しいほどの何かがあふれてきた。

聴く者をせりたてるような、アップテンポのメロディ。聴いているだけで、まるで世界中を駆けまわったような心地の良い疾走感が、体中にみなぎる。

この曲、すごい。めちゃめちゃイイ……！

思い出すのは、いつもの気だるげな佐々木くんの姿だ。何をするにも無気力で、ぼんやりと遠くを見るような目をしてる——そんな彼が、まさかこんなにすごい音楽を生み出す才能を持っていたなんて思わなかった。

もっとこの曲に没頭したいのに、歌詞が無いから世界観がわからない。佐々木くんは、この曲に、一体どんな歌詞をつけたんだろう。

この曲は、誰のどんな気持ちを歌った世界なの？

言葉のない音楽は、意味を伴わず、ひたすらに狂暴なメロディとして私の鼓膜を蹂《じゅう》躙《りん》していく。

その流れにひたすら翻弄されながら、歌いたいと強く思った。

この曲、私が歌いたい。できるなら、佐々木くんへの気持ちを乗せて。

「ここか……」

都心から電車で小一時間ほどの小さな駅で、佐々木は電車を降りた。

閑静な住宅街と呼ぶには空き家が多すぎるそのエリアは、かつてはベッドタウンとしてそこそこの人気を博したそうだ。世代交代が上手《うま》くいかず、今では犬を散歩させる高齢者くらいしか人通りがなくて、活気とは無縁の雰囲気だ。

改札を出て二十分ほど歩き、佐々木は一軒のアパートの前で足を止めた。

「……着いた」

スマホの地図アプリが示す現在地と、書類のコピーに書かれた住所を見比べて、小さくうなずく。

——偶然。きみ、ヴァンパイアちゃんの友達だったよね。

三日ほど前。学校からの帰り道で碧にそう声をかけられ、成り行きで駅までの道を一緒に歩くことになった。彼が着ていた水色のワイシャツと白いベストのブレザーは、都内でも有名な進学校の制服だった。聞けば、今は高校三年生だという。

もうすぐ受験で大変ですね、などと雑談しながら歩いているうちに、碧が急に切り出した。ヴァンパイアちゃんってパパ活女子なんじゃないかな、と。

——は？　まさか。あいつには無理ですよ。

——じゃあなんで、あんな高そうなタワーマンションに住めるの？　この間、カラオケが空いてなくて家でボイトレしたんだけど、一等地の高層階でびっくりしたよ。

他人の事情になど、干渉したくない。佐々木は「実家太いみたいだし、寛容な親なんじゃないですか」と適当に流そうとしたが、碧は強硬に話題を続けた。

——家賃どうしてるのか聞いてみたら、本人もよくわかってないみたいで。一応、賃貸契約書は持ってたけど。

碧は、ポケットから折りたたんだＡ４用紙を取り出した。賃貸契約書のコピーのようだ。家主の欄には足立区の住所が書かれ、賃借人は空欄になっている。

——不自然だよね。もしかして、この大家さんが、ヴァンパイアちゃんのパパ活相手なんじゃないかな。

そんなわけないですよ、と言いかけた佐々木を遮って、碧はぐっとこちらの顔をのぞきこんできた。

——本当に、ないって言いきれる？

断言はできなかった。考えてみれば、自らをヴァンパイアと名乗るあの少女のことを、佐々木は何も知らないのだ。本名さえ。

——この住所の場所に行けば、大家さんに会えるよ。彼女のこと、何かわかるんじゃない？

そう言って書類を強引に押し付けられ、佐々木はつい受け取ってしまった。

いやいや、なんで俺がわざわざ大家に会いに行かなきゃいけないんだ。あいつのマンションの契約がどうなっているのかなんて、どうでもいいことなのに。

理性はそう言っていたが、碧の声を聞くうちに、なぜかそれが自分のしなければいけないことのような気がしてきた。そして今、佐々木はこうして、大家の自宅まで足を運んでいる。ヴァンパイアを名乗って自分にまとわりつく彼女のことが、自分で思うよりもずっと気になっていたのかもしれない。

いやでもまさか、あいつにかぎってパパ活なんてないだろう。あんなに社会性のない人間が、パパが喜ぶような接待トークをできるとは思えない。それとも、顔が可愛《かわい》ければ許されるのか？

モヤモヤしながらたどり着いたアパートは、見るからに古びた木造の二階建てだった。パパ活相手をタワーマンションに住ませるような財力のある人間が住んでいるとはとても思えないが、まだ断定はできなかった。パパ活に有り金をつぎこみ、自分の住居は質素にしているという可能性もある。

変色したインターフォンを押すと、錆《さ》びついた呼び出し音がぎこちなく響いた。

「はい、どなたでしょう」

アルミのドアが開き、顔を出したのは、頭の禿《は》げあがったおじいさんだった。着ている黄色のトレーナーは、使い古してすっかり毛玉だらけになっている。

「あの、あなたが所有しているタワーマンションについて、お聞きしたいんですけど」

　佐々木が言うと、おじいさんは「タワー……？」と首をかしげた。

「はて……なんのことだか……」

「いや、港区のタワーマンションを所持されてますよね？　家賃は住人からきちんと支払われていますか？」

「やちん……？　最近はお湯を沸かすのには、電気ポットを使っておりますので……」

　一体何を言ってるのかと、数秒考えてから気がついた。

「ヤカンじゃなくて、家賃です」

「ああ、将来の夢や目的を達成したいと願う強い気持ちのこと……」

「それは野心」

「時給はちょっと上がるけど、夜間も働くのって大変ですよねえ……」

「それは夜勤」

「川の底から取れるやつですかね。キラキラして綺麗な……」

「それは砂金。あの、わざと言ってますか？」

「はあ？」

おじいさんが、きょとんとして首をひねる。垂れ下がったまぶたに隠れた瞳はつぶらで、宝石のように澄んでいた。嘘《うそ》をついている目にはとても見えない。

埒《らち》が明かないので会話を打ち切り、佐々木は丁重にお礼を言って、アパートを後にした。

狐《きつね》につままれたような気持ちで、駅までの道を歩く。

碧に渡された賃貸契約書は、本物に見えた。それなのに、あのおじいさんは、自分が所持しているタワーマンションの存在をすっかり忘れてしまっている。だとすれば、家賃は一体どうなっているのか。あのおじいさんの親族が管理しているとか？　いや、そうだとしても、働いている様子のない彼女がどうやって毎月の家賃を支払っているのかという疑問は残る。あのトボけたおじいさんがパパ活相手だとはとても思えないが、まさかほかに太パパがいるのか？

そもそも、あのおじいさんは何故《なぜ》都合よく忘れてしまっているのだろう。単に物忘れが激しいだけなのか、それとも何かほかに理由があるのか。

考えれば考えるほど、わけがわからなかった。

第4章　THE VAMPAIRE

4

佐々木くんが作った曲は、次の日になっても、またその次の日になっても、いつまでも私の耳に残り続けた。

強力な中毒性。まるで、違法なお薬みたいな。

歌詞をつけて一気に歌ったら、どんなに気持ちいいだろう。あんなにすごい曲が、誰にも知られずUSBの中で眠っていたなんて、もったいなさすぎるよ。

「今日は、どの曲を歌いたい？」

ボイトレ中、電モクを片手に碧くんからそう聞かれた時——だから、私は思わず、言ってしまったのだ。そこにはない、と。

「歌いたい曲は、そこにはまだ入ってない。タイトルもないの」

「どういうこと？」

怪訝《けげん》そうな顔をする碧くんに、私は全て説明した。

佐々木くんが昔作った、ある曲に、ものすごく心惹《ひ》かれていること。タイトルも歌詞もない曲だけど、ずっと耳の中に残り続けていること。

「なるほどね。その音源、今持ってる？」

「あるよ」

歩きながら聴けるように、音源をスマホにコピーしてある。このカラオケボックスに来る間も、ずっと聴いていた。

画面をタップして、その曲を再生する。

聴き終わるなり、碧くんはため息交じりに「驚いたな」とつぶやいた。本当に、心から感心している顔だ。

「佐々木くん、こんなに良い曲を作れるんだ。彼、いつもぼーっとしてて無気力だし、水だけ吸って生きてるモヤシみたいなイメージだったけど、意外な才能があるもんだね。人は見かけによらないな」

何気にひどい。

「ヴァンパイアちゃんが歌いたいと思うのも、当然だね。僕も歌ってみたい」

「でも残念ながら、歌詞が入ってないの」

「じゃあ、作れば？」

思いがけない言葉に、え、と顔を上げる。

目が合った碧くんは、いつもの優しい雰囲気で微笑《ほほえ》んでいた。

「この音源、伴奏だけじゃなくて、ボーカルが歌う主旋律もちゃんと入ってる。これに文字数を合わせて作れば、歌えるはずだよ」

そうなんだ――

もしも歌詞をつけられるなら、歌ってみたい。でも、作詞なんてやったことないし、どうしたらいいのか……。

私が困っていると、碧くんはカバンからノートとボールペンを取り出し、例の曲を再生して聴きながら、さらさらと何かを書き始めた。

「作詞をする時は、メロディに文字数を合わせなきゃいけないんだ。だから、ここに書いた文字に、書きたい言葉を当てはめていくといいよ」

ノートのページを破って、私の方へと差し出す。そこには『ラララ　ララララララララ　ラララララララ』と、主旋律のメロディが全てラ音で記されていた。

「この『ラララ』を、自分の言葉に変換してみて。小さい『つ』も、一文字分で数えてね」

「すごーい！　これなら私にもできそう！　碧くん、ありがとう！」

「どういたしまして。この曲、サビが無くていきなり歌い出しから始まるから、出だしのメロディはかなり大事だね。『ラララ、ララララ』だから、3文字5文字で。最後の『ラ』はちょっと上がる」

3文字と5文字の組み合わせかぁ……。

帰宅後、私は早速机に向かって、歌詞作りに取り組んでみた。

初《しょ》っ端《ぱな》の歌詞は大事だ。どうせなら、自分の気持ちを歌いたい。

よし、私がよく言うことや思うことを、3文字と5文字の組み合わせで表現してみよう。

「フォロー・よろしくね」？

「黙れ・アンチども」？

はたまた、「明日《あした》・晴れるかな」とか？

どれもピンとこない。SNSはしょせんヒマつぶしだし、明日の天気とかどうでもいいし。こんな書き出しで始めても、すぐにネタが尽きることは目に見えている。

もっと――自分の欲望に直結することを書きたい。

「プリン・食べたいな」

「黒い・服欲しい」

「早く・帰りたい」

……なんか違うな。

プリンは好きなだけ食べてるし、毎日着たい服を着て生きてる。それに、帰りたくなったらいつでも帰れる。気ままに生きてるから、何かに縛られることがない。それが、社会生活を送る人間にはない、ヴァンパイアの特権だ。

あ――。

あたし・ヴァンパイア、ってどうかな。

3文字5文字だから文字数ぴったりで、しかも一番よく私を表す言葉だ。

「あたし、ヴァンパイアーー」

声に出して歌ってみると、妙にしっくりきた。最後の「ア」で高くなるのも、イイ感じ。

ヴァンパイアとしての私の欲望は佐々木くんの血を吸うこと。その吸血本能を、歌詞にしてみたらどうだろう？

そう思ったら、どんどん頭の中に歌詞が浮かんできた。

佐々木くんへの気持ちなら、いくらでも言語化できる。これまで彼に抱いてきた欲望を、そのまま言葉にすればいいだけだもん。

堰を切ったように、言葉があふれてくる。どの言葉も、まるで用意されていたみたいに、文字数にぴったりはまった。佐々木くんが作った曲で、佐々木くんへの気持ちを伝えられるなんて、最高だ。

数時間ほどで、私は一気に歌詞を書き上げた。

「……完璧。神曲、できちゃった」

あたしヴァンパイア いいの？吸っちゃっていいの？
「もう無理もう無理」なんて 悪い子だね **試したいな** いっぱいで吐きたい まだ絶対いけるよ
最低最高 ずっといき来してる 甘くなる不安の**果実** No more 発展 嫉妬息をしても
要らないだけ 五月蝿いだけ **誰か**といれば それはたられば 強がってたって気持ちにゃ逆らえない
離れていても **感じてるエモ** 繋がって確かめたら死ねるかも
いいもん 悲しいもん 切ないもん きみのすべてを喰らうまで **絶叫**
あたし **ヴァンパイア** いいの？吸っちゃっていいの？「もう無理もう無理」なんて 悪い子だね
試したいな いっぱいで吐きたい まだ **絶対いけるよ**
あたしヴァンパイア 求めちゃってまた枯らしちゃってほらやな感じ 泣いて忘れたら「はじめまして」
あたしヴァンパイア **愛情**をください まだ絶対いけるよ あたしヴァンパイア まずはこっちおいで
内緒の想い洗いざらい 吐き出したなら「正に」ばかり 割り切れないけど余りじゃない
そっと朝まで通せんぼ

The Vampire

繰り返すヤダ **我慢は毒だ** 欲張ってまたチャンスを逃すのだ 病まないもしも

ヴァンパイア いいの？ **吸われたいの？** 「もう無理もう無理」なんて悪い子だね 試したいならいっぱい吐きだして まだ絶対いけるよ **きみもヴァンパイア**

いいよ吸っちゃっていいよ「もう無理もう無理」だって言わせてほしい

叶えたいけど 重なって押しつぶされちゃうのかも いいもん **悲しいもん** 切ないもん きみのすべてを喰らうまで いいじゃん楽しいじゃん気持ち良いじゃん **溺れるまで**が癖になるね 絶頂あたし

きみ次第では絶対にいけない ほら絶賛させてよ きみもヴァンパイア **求めちゃって** まだ枯らしちゃって今何回目? 星が見えるような**夜の中で**

きみも ヴァンパイア 延長をください まだ絶対いけるよ

きみもヴァンパイアまずは **いただきます** 絶対おいしくするよ

ヴァンパイア THE Vampire

「完璧。神曲、できちゃったね」

収録を終え、碧くんは私と同じことを言った。

いつもは手ぶらで来てボイトレをするカラオケルームの中に、今日は碧くんの私物のマイクや機材がセットされている。歌声を録音するからには、本格的な音楽スタジオを借りなければいけないのかと思っていたけれど、持ち込みの機材だけで簡単に収録ができてしまったので驚いた。

神曲。

本当に、そう思う。

単純に曲が良いというのもあるけど、それ以上に、作曲者が佐々木くんであることが私にとっては大きい。この音一つ一つを佐々木くんが紡いだのかと思うと、どのパートも愛おしくて、大切に大切に歌うことができた。

「曲名はどうする？」

そう聞かれ、私は、ずっと心に決めていたタイトルを告げた。

「〝ヴァンパイア〟で」

了解、とうなずいて、碧くんがパソコンを叩《たた》く。私の歌声を乗せた曲は、ヴァンパイア．ｗａｖというタイトルで保存された。

私のために、碧くんはすぐさま収録の用意をしてくれた。録《と》るなら早い方がいい、歌詞を書いた時の気持ちを覚えているうちに録った方が絶対に良い曲になるから、と言って。

完成した音源を、碧くんと二人で改めて聴いてみる。録音した自分の声を聴いてみるのは、なんだか不思議な気持ちだった。普段聞いている自分の声と、全然違う。

「ボイトレの成果、出てると思うよ。高音、力強くきれいに出てる。音程もリズムも完璧だね」

相変わらず碧くんは、べた褒めしてくれるスタイル。でも、お世辞でもないなと思えた。頭の中にあったイメージ通りにしっかり歌えている。自分で納得のいく仕上がりになったのは、きっと碧くんのボイトレのおかげだ。

最後まで聴き終わると、碧くんは楽曲のデータを移したＵＳＢを、私の方へ差し出した。

「はい、これ。恋するヴァンパイアちゃんのデビュー曲だね。動画サイトにでも投稿してみたら？」

「あはは。まあ、佐々木くんが許可してくれたらね」

承認欲求つよつよの私にしては珍しく、ＳＮＳに公開しなくても別にいいかなと思えた。ネットでたくさんの人に見てもらうのもいいけど、それよりも、自分が聴きたくて収録した曲だから。

そう。不特定多数の人に聞いてもらう必要は全くない。見知らぬ人からのいいねでは満たされない。私が求めるのは、生身のただ一人の人間だけだ。

私の中、佐々木くんでいっぱいにしたい。内緒の想いを洗いざらい吐き出して、彼の全てを喰らいたい。もう無理飲めないって、言わせてほしい。

「……この曲、佐々木くんに聴いてもらいたいなぁ」

ぽつりと言うと、碧くんが困ったように息をついた。

これは、解散した38が最後のライブで披露する予定だった曲だ。勝手に歌詞をつけて収録するなんて、我ながら勝手なことをしていると思う。

――俺は、音楽は辞めたんだよ。

ぽつりとそう言った佐々木くんの言葉が、頭をよぎる。

音楽は辞めたと言いながら、佐々木くんは今でもお客さんとして足繁《あししげ》く『Q』に通っている。それで本人が満足ならいいけれど――佐々木くんの場合は、きっと違う。

だって、ステージにいる碧くんを見つめていた時の、まぶしそうな目つき。今思えば、あの時佐々木くんは、碧くんに焦がれてたんだと思う。かつては自分が立っていた場所に立って、好きな音楽を存分に奏《かな》でる碧くんのことが、うらやましくて仕方なかったんじゃないか。

佐々木くんが音楽を辞めた理由はわからない。でももし、まだ音楽を好きでいるのなら、また別の人とバンドを結成したらいいのに。好きなものを思いっきり楽しめないなんて、そんなのツラすぎるよ。

「佐々木くんにこの曲、聴いてもらうべきだよ」

碧くんがふいに言い、私は驚いて顔を上げた。

「あらためて聴いたらきっと、どんなにすごい曲かわかってくれる。自分の中にある才能に気づいたら、音楽活動も再開してくれるかもしれない」

「そっか……そうだよね！」

歌手活動をしている碧くんが言うからこそ、その言葉には説得力があった。

放課後。友人たちと下校しようとしていた佐々木は、校門前に立つ碧の姿を見つけて足を止めた。

碧はまるで待ち合わせでもしていたかのように、こちらに向かって手を振っている。有名進学校の制服を着ている碧は、とても目立っていて、周りを行きかう女子生徒たちがちらちらと視線を送っていた。

「佐々木くん、待ってたよ〜」

ロクに話したこともない相手が、一体自分に何の用だろう。

一緒にいた友人たちに先に帰るよう告げると、佐々木は碧と向き合った。

「……何か用ですか」

「ちょっと、場所を変えようか」

碧に促され、二人は学校の敷地から離れた河川敷まで移動した。ここなら誰かに話を聞かれる心配はないだろう。

「それで――大家さんには会いに行った？　彼女が住んでるマンションのこと、なにかわかったかな？」

単刀直入に切り出され、佐々木は迷った。

碧の言いなりになって、ノコノコと休日に大家を訪ねて行ったことなど、本当は認めたくはない。しかし、大家の様子には不可解なことが多すぎた。碧がもし何かを知っているのなら、教えてほしい。

佐々木は小さく息を吸いこんだ。

「あの部屋の家主は……駅から徒歩二十分の古ぼけたアパートで、のほほんと暮らしているおじいちゃんでした……」

「変だねえ」

碧がくすくすと楽しそうに笑う。

「一等地のタワーマンションを所有している人が、どうしてそんな不便な場所に住んでるのかな？　家賃収入があれば、もっと便利な生活ができるのに」

「あいつは家賃を払っていない……」

「その通り。なんでだと思う？」

佐々木は言葉に詰まった。

あの老人は、そもそも自分がタワーマンションを所持していることを把握していなかった。あの賃貸契約書自体が偽物である可能性も考えたが、だとしても、どうやって彼女が家賃を払っているのかという疑問は残る。

「多分……ご両親が、払ってるんじゃないですかね。実家が太いとか……？」

「そのご両親、どこにいるの？　ヴァンパイアちゃんから家族の話が出てきたことって、一度もないけど。高校に行かず仕事もせずにふらふらしてて、ご両親は何も言わないのかな？」

「さぁ……。俺が知るわけないじゃないですか」

そんなことは本人に聞けばいいのに、なぜわざわざ自分に聞くのか。そんな話をするために、わざわざ待ち伏せしたのか。

訳が分からず怪訝そうにする佐々木の顔を、碧は射貫《いぬ》くような視線で見つめた。ライトブラウンのカラーコンタクトに縁どられた澄んだ色の瞳。いや、ハーフだと言っていたから、もしかしたらこれは彼本来の瞳の色なのかもしれない。

「彼女の名前、知ってる？」

碧が重ねて聞く。

「あいつの名前――は、恋するヴァンパイア……」

「それはSNSで使ってる名前だよね？　日本人なら出生後十四日以内に名前が届けられるはずだけど、彼女が本名を名乗るのを僕たちは聞いたことが無い」

「何が、言いたいんですか」

碧の視線が、ふと宙を泳いだ。河川敷の向こう側から、鳥が群れになって飛んでくるのが見える。

「名前っていうのは、自分を他人と差別化するためのものだ。この国にはたくさん人間がいるんだから、名前を持たずに生きていくなんてことはできない。でも、ヴァンパイアがこの世界に彼女一人しかいないとしたら、話は別。区別するべき他のヴァンパイアが存在しなければ、名前は要らない」

――きみはもしかして、最後のヴァンパイアの生き残りだったりして?

以前聞いた碧の言葉が、耳の中に蘇《よみがえ》る。

確かに彼女が最後のヴァンパイアだとしたら、名前がないことにも納得がいく。いや、ヴァンパイアなんているわけがない――頭ではそう思おうとしても、碧の声を聞いているうちに、どんどん思考が曖昧《あいまい》になっていった。

碧の言う通りなのかもしれない。そんな気持ちが、強くなっていく。

「そうそう。この間の本には、こんな記述もあったよ。――〝ヴァンパイア一族の頂点に立つ『デコ家』の一族は、人間の心を惑わせる催眠術のような力を持つ〟って」

「……あのおじいさんは、催眠術で家賃をごまかされてる……?」

佐々木が、ぼんやりとつぶやく。

碧は「そうかもね」とうすら笑うと、佐々木の顔をのぞきこんだ。

「もし彼女が本当にヴァンパイアだったとしたら、きみはどうする?」

薄茶色の瞳が、佐々木の目の奥を痛いほど見つめる。

「どうしたら……いいですか……」

「拒絶しろ」

碧の低い声が、頭の中に響きわたる。

「彼女はヴァンパイアだ。きみの血を狙っている。拒絶しなければ、血を吸い尽くされる――」

佐々木は、ありふれた一般家庭で育った。共働きの両親と姉が一人の、四人家族。両親は放任主義で、佐々木の私生活についてとやかく言わない方針だった。佐々木本人も大きく道を外れるようなことをするタイプではなく、ほどほどの中高一貫校で平均より少し上くらいの成績を維持しながら、ごく普通の学校生活を送っていた。

音楽に関する感覚は、昔から鋭い方だったと思う。幼稚園の頃、周りが鍵盤ハーモニカでかえるのうたをなんとか弾いている時、佐々木はすでに自作の曲を演奏していた。小学校の頃には、合唱コンクールの課題曲を一度聞いただけで全て楽譜に書き起こし、教師に驚かれたこともある。その頃には、自分に絶対音感があることにも気づいていたけれど、その能力を使って何かを発信しようなどとは、一度も考えなかった。ただ、ゆるゆると、いつも通りの日々を送っていればそれでいいと思っていた。

変化が起きたのは、中学三年の夏休みだ。

宮本が、バンドを組もうと言い出したのだ。

「もったいないよ。お前、才能あるのに。バンドやろうぜ。俺が歌うから」

宮本とは、覚えていないくらい昔から、ずっと一緒にいた。家が近所で、幼稚園の頃から同じクラスという、筋金入りの幼なじみだ。佐々木のことなら何でも知っている——その宮本がそこまで言うのならやってみようかと、なんとなくバンドを結成することが決まった。

ネットにアップした楽曲はほとんど閲覧されなかったが、近所のライブハウスでライブをするようになると、少しずつファンが増えていった。音楽活動は面白かった。自分が作った曲に、宮本が声を乗せると、予想だにしなかった化学反応が生まれた。それを受け取ったお客さんたちの反応を見るのも楽しかった。

これからもずっと、宮本とバンドをやっていきたい。

そう思っていたのに。

「佐々木くーーん！」

雑踏の中、遠くから声を掛けられて、佐々木は足を止めた。

駅前広場の時計を見ると、河川敷で碧と別れてから、三時間余りが経《た》っている。その間、自分がどこをどう歩いていたのか、記憶が無かった。なんだか頭がぼーっとする。

のろのろと振り返ると、青い髪をツインテールにした少女が、小走りに駆け寄ってくるところだった。

「今日もおいしそうな匂いさせてるね～。遠くからでもすぐわかったよ！」

ごく普通だったはずの自分が、まさかこんな変な女につきまとわれることになるなんて、全く予想していなかった。彼女は、自分の「血」が好きだという。他の人間にはない「香り」を持っていて、そこに惹かれたらしい。

――拒絶しろ。

碧に言われた言葉が、頭の中に響く。

「最近、Qに来てなかったね。どうしたの？　忙しかった？」

「あぁ……」

どう答えたらいいのかわからず、あいまいにうなずく。碧に言われて大家を訪ねて以来、ますます『Q』から足が遠のいていた。本物のヴァンパイアかもしれないこの少女のことを、なんとなく警戒してたのかもしれない。

会いたくなかった。理由はわからないが、彼女を見ると不安になる。関わりたくないとさえ思う。

これまでは、何度言ってもウザ絡みしてくる彼女のことを、まんざらでもなく思っていたはずなのに。

「今、時間ある？　ちょっと、聴いてほしい曲があるんだけど」

そんな佐々木の胸中など知らず、彼女は浮かれた様子で、カバンの中からイヤフォンを取り出した。片方を佐々木の耳に、そしてもう片方を自分の耳に差し込む。

数秒後、流れてきたのは、覚えのあるメロディだった。

「ねえ、この曲覚えてる？」

忘れるはずがない――

息が詰まった。どうして、この曲を、彼女が。

佐々木の心の疑問が聞こえたかのように、「Qの店長が、38の音源を貸してくれたの」と彼女は言った。

「私、この曲の事、どうしても気に入っちゃって。自分で歌詞をつけて、歌ってみたんだけど、どうかな？」

「……どうって」

静かな苛立《いらだ》ちとともに、耳に入れたイヤフォンをそっと引き抜く。しかし彼女は、そんな佐々木の動作にも気づかず、熱心に話し続けた。

「私、佐々木くんは音楽を続けるべきだと思う。だって、こんなにすごい曲を作れるんだもん。才能があるのに、もったいないよ。佐々木くん、私とバンドやらない？」

何を言っているのか。人の気も知らないで。

怒りに似た不安が、胸にこみ上げた。

心臓がドクドクと鳴って、息が苦しい。

拒絶しろ、拒絶しろ、拒絶しろ――

碧の言葉が頭の中に響く。

拒絶しなければ、血を吸い尽くされる。

「この曲の歌詞ね、私の佐々木くんへの気持ちを表現してるの。SNSにあげたらバズると思うな～。佐々木くんの音楽を聴きたい子が、きっとたくさんいるはずだよ。ねえ、『38』は、結構人気のバンドだったんだよね？　どうして解散しちゃったのかわからないけど――」

「いなくなったんだよ」

冷たい声で佐々木が遮ると、彼女はようやく口を噤《つぐ》んだ。

「俺は続けたかったけど、ある日突然、宮本がいなくなったんだ。急に転校して……あいつ、中三の時から親が海外転勤になって一人暮らししてたんだけど、そのマンションも引き払われてた。連絡を取ろうにも、どこにいるのかさえわからない」

宮本くんは転校しました。

担任がそう告げた時の気持ちは、いまだに忘れられない。どうしても信じられなくて、マンションを見に行ったら、部屋の中はもぬけの殻になっていた。

何も言わずにいなくなるなんて、親友だと思っていたのは俺だけだったのか。悔しいよりも、むなしかった。身体《からだ》の半分がなくなってしまったかのような喪失感だった。

「あ……そうだったんだ。それは、つらいよね……」

彼女が気まずげに視線を落とす。

今さらしおらしくしても、もう遅い。知らなかったとはいえ、心の中に土足で踏み込まれた気分だ。

拒絶しろ——頭の中に響く碧の声に従って、佐々木はイヤフォンを突き返した。

「お前とバンドはやらない」

彼女が「え」とつぶやいて、目を丸くする。

部外者が勝手なことをするな、と佐々木は静かに告げた。

「この曲は宮本のために作った曲だ。あいつ以外には歌わせない。ヴァンパイアだの血を吸うだの——もう、うんざりなんだよ」

第 5 章　THE VAMPAIRE

5

お前とバンドはやらない。

はっきりと、そう言われてしまった。

「うー、なんでよ……!?　私の何がだめなの!?」

家に帰ってきた私は、トマトジュースの缶を片っ端から開けて、飲んだくれていた。

せっかく佐々木くんを勇気づけようとしたのに、あんなふうに拒否されて、正直へこんだ。収録した『ヴァンパイア』も、ロクに聞いてもらえなくて、悲しかった。

確かに、許可を取らずに収録したのは、私の落ち度だ。そこは反省している。でも、だからってあんな言い方しなくてもよくない!?

──ヴァンパイアだの血を吸うだの、もううんざりなんだよ。

私にそう言った時の、佐々木くんの表情。嫌悪感に駆られ、本気で私のことを突き放そうとする顔だった。

いつも無気力な佐々木くんがあんな顔をするなんて、宮本くんの失踪はそれほどショックな出来事だったのだろう。好きだった音楽そのものを、辞めてしまうくらいに。

あんなふうにはっきりと拒絶されたら、並の女子ならきっと心が折れてしまう。

でも、私は違う。

あの程度の拒絶で傷つくようなメンタルなら、佐々木くんのことなんてとっくにあきらめている。こっちは毎回毎回、顔を合わせるたびに塩対応を食らっても、元気にアタックし続けてきたのだ。ちょっと嫌われたくらいで、好きな人を追うのをやめたりしない。絶対に。

全ては、佐々木くんの血液をおいしく吸うため。好きなものを全力で楽しめるようになった佐々木くんの血は、きっとハッピー感にあふれていて、すっごくおいしいはず。その血を味わうためなら、どんな苦労だってしてしてみせる。

「悪いけど、私はしつこいからね……!!」

怒り任せにグシャッと缶をにぎりつぶすと、残っていたトマトジュースがぽたぽたと手から滴《したた》った。

■

翌日は、碧くんとのボイトレの日だった。

一週間に一度のペースで、気づけば三か月近くボイトレを続けていた。碧くんはいつも私の家の近くのカラオケボックスまで来てくれて、きっちり一時間、丁寧なトレーニングをしてくれる。

しかも無料で。菩薩《ぼさつ》かな？

いつものようにカラオケボックスの受付前で待っていると、姿を現した碧くんは手に花束を持っていた。

「わー、きれいだね！　それ、どうしたの？」

「来る途中、花屋さんに売ってたんだ。配色がヴァンパイアちゃんっぽいなと思って」

黒とピンク、二色のバラを束ねたブーケは、確かに私の定番ファッションと同じカラーリングだ。

「はい、どうぞ」

目の前に花束を差し出され、私はきょとんとした。

「……え。くれるの!?」

「うん。ヴァンパイアちゃんが、きっと一番似合うから」

菩薩かな？（二度目）

お花をもらうなんて、初めての経験だ。やっぱり碧くん、いい人すぎる……。

花束に顔をうずめると、華やかな匂いがふわっと香った。

どうして碧くんは、私にこんなに親切にしてくれるんだろう。地で性格が良いのか、それとも、やっぱり下心があるのかな？

カウンターで受付を済ませ、碧くんが予約しておいてくれた個室に移動して、ボイトレが始まった。まずはストレッチと筋トレをしてから、歌唱練習。碧くんが指定した女性歌手の曲を歌ってみるけど、思うように声が出なかった。

碧くんにも、「なんだか今日は声が硬いね」と言われてしまう。

上手《うま》く歌えない原因は、自分でもわかっている。佐々木くんのことが、ずっと心に引っかかっているせいだ。

「……」

しょんぼりしている私に気づくと、碧くんは立ち上がって、「ちょっと深呼吸しようか」と、私の肩に触れた。

「声を出すことの土台は、呼吸だから。ゆっくり息を吸ってみて」

言われた通り、すうっと息を吸う。

「吐いて――もう一回、吸って。吐いて。喉がゆるんでくるのがわかる？」

わからなかったけど、とりあえず「うん」とうなずいておく。

すーはーすーはー、と呼吸を繰り返していると、碧くんがふいに私の顔をのぞきこんできた。気だるげな視線と目が合って、思考が止まる。

「……」

不思議な沈黙の中で、碧くんが顔をさらに近づけてきた。

あと少し顔を手前に出したら、もう唇が触れてしまいそうだ。

――これは、もしかしなくても、キスする雰囲気を作られてる？

そうと気づいても、不思議と嫌な気持ちはしなかった。このままキスしてみてもいいかな、とさえ思った。

そういえば、初めてのボイトレでも、碧くんにキスされそうになったっけ。バンドマンは全員女たらしだってネットに書いてあったし、碧くんはすごくかっこいいから、きっとこれまでも軽率に色んな女の子に手を出してきたんだろう。

碧くんは佐々木くんと違って、面倒くさくない。ごちゃごちゃ難しいことを考えたりせず、その場のノリでキスして、甘やかしてくれる。

そういう軽い恋愛も、楽しいのかもしれない。私の佐々木くんへの気持ちは、多分重すぎる。

「……碧くんって、私のこと、狙ってるんだよね？　なんか無料でボイトレしてくれるし。お花とかくれるし」

一応そう聞いてみると、碧くんはニヤリと笑って顔を離した。

「だったらどうする？」

「……どうしよう」

寂しさをちょっとの間だけでも埋めてくれるなら、遊ばれてみるのも悪くないかもしれない。これまで佐々木くん以外の人のこと全然眼中になかったけど、他の男の子のことも好きになれたら、もっと楽しいのかも。

「私、もう碧くんで妥協しようかなあ……。」

ま、あくまで佐々木くんの代わりだけど。碧くんだって、可愛《かわい》い私と一緒にいられるんだから、ｗｉｎ－ｗｉｎだよね。

「碧くん。とりあえず今度、デートしてあげようか？」

そう提案してみると、碧くんは短い沈黙のあと、妙にぎこちなく「いいね」とうなずいた。

「でもその前に、一つだけ命令してもいいかな？」

「命令？」

うん、と小さくうなずいて、碧くんがまっすぐに私を見る。

「〝動くな〟」

「――〜〜ッ！」

ビリッとした電流のような衝撃が、背筋を駆け巡った。突然のことに驚いて、自分の身体《からだ》を確認するけれど、何ともなっていない。

「え、え……今の、何？」

「命令したんだよ。俺たちの声には、特別な力がある。ハンターはこの声の力を使って、ヴァンパイアを誘惑してきたんだ」

さっきまでの私を甘やかすような優しげな表情が、碧くんの顔から完全に消えていた。挑発するような、鋭い視線。まるで、獲物を前にした猛禽《もうきん》類のようだ。

「ハンター？　ヴァンパイアを誘惑？　何言ってるの……」

ハンターという言葉には、聞き覚えがあった。

碧くんが持ってきた、古い本。

あの本には確か、『駆除者《ハンター》』とヴァンパイアの関係についてこう書かれていた。

――人類は捕食者《ヴァンパイア》への抵抗の術《すべ》を持たず、ひたすらに夜を恐れて過ごした。そんな闇の時代に光をもたらしたのが、駆除者《ハンター》の存在である。

「碧くんは、駆除者《ハンター》だったの？　待って、それじゃあ……」

確か、あの本にはこうも書かれていたはずだ。――駆除者《ハンター》はその力を以《もっ》てヴァンパイアたちに対抗し、捕らえたヴァンパイアをなぶり殺しその遺体を串刺しにして荒野に晒《さら》した。

「私をなぶり殺して遺体を串刺しにして荒野に晒すの⁉　この猟奇殺人犯‼」

「……どうやらきみは本当に、ヴァンパイアとして生まれ育った記憶を失ってるみたいだね。あの本を見せれば、何か思い出すかと思ったけど、無駄だったか」

碧くんは、小さく肩をすくめた。

「本に書かれていたことは、ただの伝説。確かに駆除者《ハンター》がヴァンパイアを絶滅に追い込んだのは事実だけど、なにも正面切って殺し合いをしてきたわけじゃない。もっと平和的な手段を取ったんだよ」

「絶滅に追い込んでおいて、平和的な手段って何よ……」

「〝婚姻〟」

碧くんは、何がおかしいのか、楽しそうにくすくす笑った。

「俺たち駆除者《ハンター》の一族は例外なく、特別な声を持っている。聞く者を魅了して、心をとらえ、命令に従わせる。この力は人間にも有効だけど、特にヴァンパイアに強く作用する。駆除者《ハンター》は声の力でヴァンパイアを魅了し、自分に惚《ほ》れさせて婚姻関係を結んでいった」

「……ヴァンパイアと結婚することと、絶滅に追い込むことと、何の関係があるの？」

「ヴァンパイアという生き物は、遺伝優位性がとても低いんだよ。人間とヴァンパイアの間に生まれた子供は、百パーセント人間の性質を受け継ぐ。つまり、人間と結婚したヴァンパイアは、ヴァンパイアの子孫を残すことなく死んでいくんだ」

「そんな……ということは、つまり……」

私は、ごくりと生唾を飲み込んだ。

「私と佐々木くんが結婚したら、佐々木くんそっくりな子供が生まれちゃうってこと⁉」

碧くんが、「気にするの、そこなの？」と、あきれた表情を浮かべる。

佐々木くん似の子供がいたら可愛いだろうな〜って一瞬思考が飛んじゃったけど、確かにそこは本題じゃない。重要なのは、碧くんがヴァンパイアの駆除者《ハンター》だったということだ。駆除者《ハンター》は「声」の力で聞く者を魅了し、心をとらえて、命令に従わせる

ようやく腑《ふ》に落ちた。どうして碧くんの声が、多くの人を惹きつけるのか。どうして碧くんの声を聞いていると、いつも頭の中がぼーっとなるのか。私の好きな人は佐々木くんなのに、碧くんの声にも無性に魅了された。あれらは全て、駆除者《ハンター》としての力によるものだったんだ。

「半年ほど前——ヴァンパイアを名乗る妙なインフルエンサーがいると聞いて、念のため見に行ってみたんだ。半信半疑だったけど、佐々木くんを追いかけまわすきみの

姿を見て、確認したよ。本物のヴァンパイアだってね」

「なんで……それで、私が本物だってわかるの？」

「執着の強さだよ。ヴァンパイアは通常、パートナーに決めた一人の人間の血液しか飲まない。一度パートナーに決めた相手のことを、一途《いちず》に追い続けるんだ。残念ながら、佐々木くんにその気はなさそうだけどね」

「そんな……そんなこと、ないもん……」

語尾がしぼんだ。悔しいけど、確かに私は、今日にいたるまで佐々木くんの血を吸えていない。それは、事実だ。

かわいそうにね、と、碧くんが蔑むように私を見る。

「きみの中に眠るヴァンパイアの本能は、人の血を吸いたくて吸いたくてたまらないはずだ。だから俺は君に近づいて、ずっと誘惑していたんだよ。俺のことを好きにさせて、婚姻関係を結ぼうと思っていたんだ。それなのに……」

一度言葉を切ると、碧くんは顔をゆがめた。

「まさか『妥協』呼ばわりされるなんてね。プライドがいたく傷ついたよ」

「え!?　私、妥協なんて言ったっけ!?」

「言った。碧くん『で』『妥協する』って言ってた」

やばい、心の声が漏れてたみたいだ……。

碧くんは、恨みがましく私をにらんで、ハァとため息をついた。

「言っとくけどね、俺は駆除者《ハンター》の歴史始まって以来最高のビジュアルだって言われてたんだよ。唯一、鼻の形だけ気に入らなかったから、きみに会いに行く前にわざわざ渡韓してプロテーゼとヒアルロン酸まで入れたのに」

「あ、やっぱそう？　ちょっと形が人工的だと思ってたんだよね」

反省したそばから心の声が漏れてしまった私を、碧くんがじろりとにらむ。

「きみは本当に、失礼な子だね」

「失礼なのはそっちじゃん。親切でボイトレしてくれてるんだと思ったのに、まさかそんな打算があったなんて」

「そうだね。きみの佐々木くんへの執着を舐《な》めてたよ。俺になびくことはなさそうだから、ここからは強引な手段をとらせてもらう」

碧くんは私の目を見つめると、さっきと同じ言葉を告げた。

動くな、と。

その途端、感電したように身体が動かなくなった。碧くんの、薄茶色の瞳に焦点を合わせたまま、目を逸《そ》らせない。

碧くんの指が、ゆっくりと私の頬《ほお》をなぞる。

「口をあけろ」

鼓膜を這《は》うような、ねっとりとした声。

その命令に応《こた》えるように、私の唇が、意志とは無関係にゆっくりと開いていく。

こんなこと、初めてだ。

小さく開いた口の隙間から、碧くんの指が強引に入ってくる。舌を思いきりねじりあげられて、身体の奥がビクンと震えた。

「ひ……っ!!」

碧くんの指が、気持ちよくてたまらない。

舌の表面が、快感で震えているのがわかる。舌に触れた碧くんの皮膚が、すごくおいしい気がした。今まで経験したことのない、極彩色の味覚が、脳にビリビリと伝わってくる。

初めての快感が、怖くてたまらなかった。悲鳴をあげたくても、舌を掴《つか》まれているせいで、まともにしゃべることさえできない。

「は……っ、う、あー……っ」

気持ちよさと恐怖と、それからもっと舐めたいという強い欲望。いろいろな感情がごちゃまぜになって、頭の中はパニック状態だ。

「僕の指、おいしいね？」

否定したいのに、今すぐ目の前の身体を押しのけたいのに、碧くんの声に逆らえなくて、気がついたら私はコクコクとうなずいていた。

舌で味わうだけじゃ足りない。吸い舐って、涸《か》れるまで飲み尽くしたい。

「ヴァンパイアなのに一度も血を吸ったことがないなんて、かわいそうに」

吐息交じりの声に耳を撫《な》でられ、身体がビクンととびはねる。

「お腹《なか》空いたね。もっと食べたいね。ヴァンパイアが吸うのは、唾液でもいいんだよ。血液ほどじゃないけど、ある程度は生命力が回復するんだ」

碧くんは、優しく愛《いと》おしげに、私の耳元に吐息をかけながら囁《ささや》く。

「欲しいだけあげるよ。好きなだけ舐めていい。望むなら、たまには血だって吸わせてあげる」

碧くんが、掴んでいた私の舌を離す。

無理やりされていたはずなのに、私の舌は、碧くんの味を求めて、その指先を追いかけようとすらした。

「だから——俺と、結婚しろ」

「……はい」

この人の命令に逆らえない。なんで、どうして、どうして、どうして、なんで。

抗《あらが》えない。あの声に従いたい。

両手が勝手に持ち上がって、碧くんの身体を抱き寄せる。

碧くんの唾液を吸いたくて、樹液に群がるカブトムシのように、私はゆっくりと顔を近づけた。

碧くんの体臭が香る。

……違う。

この匂いは、違う。

そう思った瞬間、鎖が断ち切られたように、身体が自由になった。

「やめて!!!」

私は碧くんを思いきり突き飛ばした。

薄茶色の瞳が、驚きに見開かれる。

「俺の声の力を……撥《は》ねのけるなんて……」

私は視線を伏せ、じりじりと後ずさった。

一度でも目を合わせたら、またあの催眠術のような世界に閉じ込められてしまう気がする。

碧くんに遊ばれてもいいか、なんて思っていた自分がバカみたいだ。

駄目なのに。私は、佐々木くんの匂いじゃなきゃ。

「私――碧くんと結婚なんてしない。私が血を吸いたいのは、佐々木くんだもん」

「俺に逆らうな」

碧くんが、冷たい声で私に命令する。

「戻れ」

「…………」

佐々木は、ベッドの上で寝返りを打った。

指の先に引っ掛けた、大豆のキャラクター「ソイソイ」のストラップを、ぼんやりと眺める。ストラップの先には、半透明のＵＳＢスティック。この中には、自称ヴァンパイアのあの女の子が勝手に収録した音源が入っている。

どういうつもりだ、あいつ。『ヴァンパイア』なんて、勝手にタイトルまでつけて。

思い返すと、また気持ちがザワついた。

あれは、幼なじみの宮本のために作った曲だ。彼以外の人が歌うなんて、考えられない。

それならば、こんな音源さっさと削除してしまえばいいのに。それができずにいる理由は、自分でもわかっていた。

聴いてみたいのだ。

彼女が一体、自分の曲にどんな歌詞をつけて、どんなふうに歌ったのか。

「……っあー、ダメだ!!」

やっぱり、一度だけ聴いてみよう。そうじゃなきゃ、気が済まない。

佐々木はベッドから降りて、デスクの上に置いたノートパソコンを起動した。ＵＳＢスティックを差してファイル一覧を表示すると、昔自分が作った曲のタイトルがデスクトップ上にずらりと並ぶ。

一曲だけ、更新日が新しいファイルがあった。『ヴァンパイア．ｗａｖ』と名前がついている。

クリックすると、長らく聴いていなかったメロディと共に、聞き覚えのある声が流れてきた。


♪あたし、ヴァンパイア――


マウスに手を添えたまま、佐々木はその場から動けなかった。

歌い出しから完璧だ。

普段の彼女の話し声からはけして想像がつかない、クリアな高音。バターをすくうようになめらかな音程と、聴く者の心をせき立てる感情表現。碧のボイトレを受けていることは知っていたが、ここまでレベルが高いとは思わなかった。

やがて曲が終わり、部屋の中に静寂が戻ってくる。

「すごいな……」

薄暗い部屋の中で、煌々《こうこう》と光る画面を見つめたまま、佐々木はぽつりとつぶやいた。

宮本のために作ったはずの曲を、彼女は独自の色を加えて、見事に歌いこなしてくれた。歌う人のいなくなった曲を、彼女が完成させてくれたのだ。

目の奥で銀色の光が明滅している。頭の奥で爆弾でも弾けたのかと思うような痛みが、ずきずきと脳髄を揺らす。膝はがくがく震え、足首にも力が入らなくて、今にも頽《くずお》れてしまいそうだ。コンビニの窓に映った自分の姿を見るのが怖くて、思わず顔を背ける。どんなにひどい顔をしているかくらい、想像がついた。

戻れ、戻れ、戻れ、戻れ、戻れ――

碧くんの声が、頭の中でリフレインしている。その言葉に従いそうになる衝動を必死に抑えつけ、雑踏で混みあう夜の街を必死に走って、なんとかここまで来た。

「……っは……ッ、は……う、う……」

背中の筋肉が痛くなるほど、必死に空気を吸おうとしているのに、全然酸素が足りない。

それでも、休んでいる暇はなかった。

逃げなきゃ。少しでも遠くへ。碧のいないところに。

そう自分に言い聞かせ、碧くんの声に抗おうとすればするほど、身体が拒否反応を起こす。

足がもつれ、私はアスファルトの上に倒れ込んだ。

身体をまともに打ちつけ、痛みで息が止まる。よろよろと何とか身体を起こすけど、もうこれ以上は走れる気がしなかった。

怖い。碧くんの声が、すぐそこまで追ってきている気がする。

近くの裏路地に入り込み、身体を折り曲げて座り込む。汗でぐっしょり濡《ぬ》れたブラウスが、身体にまとわりついて気持ちが悪い。

怖い。お願い、誰か助けて――

心の中で叫んだ声に応えるように、ぐいっと誰かに腕を引っ張られた。

「――え？」

次の瞬間、慣れた香りで胸がいっぱいになった。

全身にまとわりつくようだった碧くんの声が、かき消されていく。

そこにいたのは、背の高い男の子だった。どことなく陰りのある、無気力そうな目。線が細く、肌が真っ白で――そして、私の大好きな匂いをまとっている。

「佐々木くん……」

「お前――何があったんだ――」

どうしてこの人が、目の前にいるんだろう。

考える余裕もなく、私は目の前の身体にすがりついた。

ああ、この匂い。なんだか久しぶりに嗅いだ気がする。

安堵《あんど》で恐怖が消えていく。と同時に、自分の中の食欲が再び活発になっていくのを感じた。ベルの音で唾液を垂らす犬みたいに、私の口の中は、佐々木くんの香りにすっかり馴《な》らされてしまっているみたいだ。

「佐々木くん、お願い、吸わせて」

制服のシャツを掴み、もどかしく引き寄せる。

「……え？」

とまどう佐々木くんの首筋に顔をうずめ、すはー、と思いきり息を吸った。

佐々木くんはひっと悲鳴をあげて身体をすくめ、私を勢いよく引きはがす。

「っ、お前……！　俺の血を吸う気か⁉」

「血じゃなくても、唾液でもいいんだって。お願い、ちょっとだけだから」

「はァ⁉　唾液って……」

「碧くんはヴァンパイアハンターで、私のことを狙ってたの。今の私じゃ、対抗できない。空腹のヴァンパイアは弱いから」

私は、ぱかっと大きく口を開いて、唾液が糸を引く口内を佐々木くんに見せつけた。

「見て。お預けばっかりで、私の口の中、こんなに濡れちゃってる。空腹で、欲求不満で、たまらないの」

喉の奥まで晒すのは恥ずかしいけど、同時に、佐々木くんに見てほしくて仕方が無かった。気づかないふりをしていた飢餓感を碧くんに引きずり出され、欲望があふれて止まらない。

「ごめんね。悪い子で。もう我慢できないの。吸っていいよね？」

「……そうしなきゃ、碧に狙われるんだよな？」

ものすごく嫌そうな顔で、佐々木くんが言う。そんなふうにそそる顔をされたら、もうだめだ。

こくこくとうなずくと、佐々木くんは観念したように、着ていたシャツのボタンを一つ外した。

それって、吸っていいってことだよね!?

私は佐々木くんの首に腕をからめ、顔を近づけた。

佐々木くんはされるがままだ。

舌で唇を押し開け、唾液を吸う。

その途端、ずくんと快感が体中を貫いた。

ボヤついていた視界が、みるみるクリアになっていく。脱力していた身体に光が射すように、どんどん力がみなぎっていくのがわかった。

たまらない。脳髄を砂糖で煮詰められたみたいに、頭の中がぼーっとする。もっともっと欲しくて、私は雛鳥《ひなどり》のように必死に舌を伸ばし、佐々木くんの口の中にある唾液を必死にかき集めた。

おいしい。

すごい。こんなの味わっちゃったら、もう佐々木くん以外では絶対にいけない。おいしい、きもちいい、おいしい、おいしい、きもちいい、おいしい、きもちいい、きもちいい――。

「つも……いいだろ！」

肩を掴んで引きはがされ、急に快感を取り上げられて、私は半泣きに陥った。

「やだぁ！　まだ吸う!!」

「ダメだ。こっちの身が持たない」

佐々木くんの声は、震えていた。

は、は、と荒くなっている吐息も隠せていない。

その余裕のなさに最高にそそられて、私はがばっと勢いよく抱きついた。

「ね、お願いお願いお願い！　もうちょっとだけ、もうちょっとだけ吸わせて……！」

「だめだ。お前、もう、充分回復してるだろ」

それはまあ、確かにその通り。

心身ともに元気いっぱいで、なんならお肌もいつもよりツヤツヤしている。唾液だけでこんなに気持ちよくなれるなんて、血液吸ったらどうなっちゃうんだろう。

これ以上は、きっといくら頼んでも、吸わせてくれないだろう。あきらめようかな。

「あーっ、やっぱ無理！　お願い！　もうちょっとだけ吸わせてよ‼」

「それより、碧はいいのか？」

ハッ、そうだった！

このままじゃ終われない。あんな危ない奴を野に放ってたら、いつまた私と佐々木くんが狙われるか分かんないし。

「碧くんのところに行かなきゃ！　まだこの近くにいるはずだから、佐々木くん、一緒に来て！」

そう言って佐々木くんの手をぐいっと引っ張ると、次の瞬間、背中の後ろでバサッと音がした。

「え？」

ふわりと身体が浮きあがり、とっさに佐々木くんの身体を引き寄せる。

地面がみるみる遠ざかっていき、気が付いたら私は佐々木くんを抱えて空を飛んでいた。

「えー！　すごくない⁉　私、飛んでる‼」

「……なんだこれ……」

高い所が怖いのか、佐々木くんは身体をすくめている。

振り返ると、背中には黒い大きな羽根が生えていた。

そういえば、碧くんが見せてくれた本の挿絵に描かれたヴァンパイアには、背中に羽根が生えてたっけ。きっとこれも、ヴァンパイアの力なんだろう。

「最高ー！」

佐々木くんの唾液のおかげで、羽根まで生えちゃって、なんかいよいよヴァンパイアの本領発揮って感じだ。

眼下には、暗くなり始めた街並みが見える。まだ夜になる前の、影がかった夜景。薄暗闇の中で輝く家々の明かりは、ブラウスに縫いつけたスパンコールみたいだった。

「でもちょっとショックだなー。この翼、コウモリタイプなんだもん……。リセマラして、鳥みたいなやつを引きたい」

「なんでだよ」

「その方が天使っぽいじゃん！　漆黒の堕天使みたいな！」

「ヴァンパイアのイメージじゃないだろ」

ボソリとつぶやくと、佐々木くんはくしゃみを一つした。空の上は、地上より寒い。私は佐々木くんをぎゅっと抱きよせた。くっついていれば、少しは身体があたたまる。

佐々木くんの身体、全然重くなくて、まるで猫を抱えているみたいだ。

——あれ。ていうかこれ、夜景デートじゃない？

スカイツリーより高いところ飛んでるし、考えてみればすっごいロマンチックなシチュエーションかも。佐々木くんとの距離を詰めるチャンスタイムだ。

「ねえ佐々木くん、このまま香港行かない⁉」

「は？」

「香港の夜景ってきれいなんだってー！　それか、ヒマラヤ越えてドバイとかまで足延ばしちゃう？」

私、パスポートないから飛行機乗れなくて、海外行くのがずっと憧れだったんだよね。自前で行けるなんて最高！

「俺、明日も学校……」

ごにょごにょと何か言ってる佐々木くんを無視して、私はバサバサッと背中の羽根を羽ばたかせた。

その直後――

ガクン！

階段を踏み外したみたいに、一瞬、下に落ちた。なんとか持ち直して飛び続けるけど、ふらふら傾いてばかりで、急に安定しなくなってしまう。

「あれ……翼に力が入らない……？」

「おい、なんか落ちてるぞ」

佐々木くんの言葉通り、私たちは空気のしぼんだ風船のように、少しずつ地面に向かって降下していた。

「えー！　なんで！」

「まあ、普通に考えたら、力が尽きたんだろうな」

「まだ飛びたい！　佐々木くんお願い！　唾液！　吸わせて」

「絶対やだ」

言い合っている間にもどんどん落ち続けていく。

やがて、トンと地面に足が着くと同時に、背中の羽根は完全に消えてしまった。

降り立ったのは、私のマンションの最寄駅近く。思いっきり近所だ。ヒマラヤどころか、多摩川すら越えられなかった。

「最悪～……ブルジュ・ハリファで映え写真撮りたかったのに……」

「碧を捜すんじゃなかったのか」

もう、そんなのどうでもいいよ。


羽根が消えてしまったので、碧くんは徒歩で捜すほかない。

とりあえず佐々木くんと一緒に、駅前のカラオケボックスまで引き返してくると、改札前のロータリーを大股に横切る碧くんを見つけた。眉間に深いシワを寄せ、かなり焦ったような表情だ。逃げた私を追って、あちこち歩き回っているらしい。

「クソ……あの子、どこに行ったんだ……」

イラついた声でつぶやく碧くんに、私は背後から声をかけた。

「——碧くん」

碧くんがバッと勢いよく振り返る。

私が佐々木くんと一緒にいるのが予想外だったのか、かすかに目を丸くしたけど、すぐに冷静さを取り戻し、唇の端をゆがめて微笑した。

「……まさか、自ら俺の前に姿を現すとはね。もう逃がさないよ。今度こそ、俺のことを好きになってもらう」

そう言いながら、一歩ずつ、こちらへ近づいてこようとする。

「逃がさない？　それは、こっちのセリフだよ」

私は、足元に落ちていた石を拾い上げた。握ると、手のひらにギリギリ収まらないくらいの大きさだ。

その石を親指と人差し指でつまみ、グッと力を入れる。

ドゴッッッ!!

まるで焼き菓子でもにぎりつぶすかのように、石はたやすく砕け散ってしまった。

「……え？　え？」

　碧くんはぱちぱちと瞬《まばた》きして、地面に散らばった破片を見つめる。

　私はここぞとばかり、フフンと鼻を鳴らした。

「佐々木くんの唾液を飲んだの。今の私は、元気三百倍ヴァンパイア。もう碧くんの声に支配されたりしないから」

「唾液を、もらった……？」

　嘘《うそ》だろ、とつぶやいて、碧くんは佐々木くんの方を見た。

「ありえない。血を吸われることを、あんなに嫌がってたのに。血液じゃなくて唾液とはいえ、どうして急に心変わりしたんだ……？」

「そりゃあ、愛でしょ」

　即答する私に、佐々木くんが「違う！」と慌てて否定する。

「そうじゃなくて……あの時は、罪悪感があったから……」

「罪悪感？　何の？」

「いや、だから……」

　佐々木くんは気まずそうに目線を泳がせながら、ぽつりぽつりと話し始めた。

「――お前が歌詞をつけたあの曲を、ちゃんと聴いたんだ。そしたら……思ったよりずっと良くて……歌詞もお前の声も、想像以上だったから、ロクに音源も聴かずに八つ当たりしたことを後悔して……それで、謝ろうと思って捜しに外へ出たら、偶然あの路地でお前を見つけたんだよ……」

胸が詰まった。

佐々木くん、私が歌った曲をちゃんと聴いてくれたんだ。しかもわざわざ私を捜そうとしてくれたなんて——

「つまり、両想い……ってコト⁉」

「違う」

佐々木くんはシラケて言うと、改めて碧くんの方を見た。

「大体の話は聞きました。俺を大家に会いに行くように仕向けた時も、駆除者《ハンター》の力を使ったんですね。こいつから俺を遠ざけるためですか？」

「うん、そうだよ」

碧くんが、あっさりと認める。

「彼女が本物のヴァンパイアだと気づけば、きっと拒絶するに違いないと思ったから。それに、彼女に歌の収録を勧めたのも、わざとだよ。大切な幼なじみとの曲に勝手に歌詞をつけられたら、きっときみは嫌がるだろう？」

「俺と宮本のことも、調べたんですか……」

「ヴァンパイアちゃんに俺のことを好きになってもらうためには、きみの存在が邪魔だったからね」

薄く微笑《ほほえ》む碧くんの表情に、寒気がした。自分のしたことを、まるで悪びれていない顔だ。

彼は一体、何者なんだろう。佐々木くんと宮本くんの事情を調べあげるなんて、一般人がそう簡単にできるわけがない。〝駆除者《ハンター》〟の一族は、どこまで大きな権力を持っているんだろう。

私は、佐々木くんを背中に守るようにして、一歩前に出た。

「碧くん――〝私〟は誰なの？」

私は、自分がどこから来たのか知らない。気づいたらあのタワーマンションで、気ままに暮らす生活を送っていた。

家族はいるのか、私以外のヴァンパイアたちがどうしているのか。自分の生活費はどこから出ているのかさえ、何も知らなかった。そんな根本的なことをどうして疑問に思わずにいたのか、今となっては不思議で仕方がない。

「教えて。あなたがヴァンパイアについて知ってることを、全て」

薄茶色の瞳を、真正面から見据える。気づかない間に手に力が入っていて、石の破片がぱらぱらと指の隙間から零《こぼ》れ落ちた。手のひらを開くと、細かな砂が手汗で貼りついていた。

「俺が知っていることなんて、少ししかないけどね」

小さく肩をすくめると、碧くんは口を開いた。

「駆除者《ハンター》と結婚して人間と同化したことで、多くのヴァンパイアが消えていったことは事実だ。それでも、少数のヴァンパイアたちは駆除者《ハンター》の誘惑を逃れ、細々とこの世界のどこかで生き続けていたんだよ。ところが数年前、その少数のヴァンパイアたちの間で、諍《いさか》いが起こった」

「何があったの？」

「さあね、詳しい事情は俺も知らない。ただ、ヴァンパイア一族を統《す》べる『デコ家』の当主は、娘をその争いに巻き込みたくなかったようだ。だから、娘から生い立ちに関する記憶を消した上で、人間の社会に住まわせて避難させた。その娘というのが、おそらくきみだよ。名前は確か――ニーナ。ニーナ＝デコというのが本名のはずだ」

「ニーナ＝デコ……」

口の中で繰り返す。

不思議な響きの名前だ。初めて聞くはずなのに、まるで昔から知っていたみたいに、妙にしっくりとくる。

「娘の記憶を消したって言ってたな。ヴァンパイアには、そんな力もあるのか？」

佐々木くんが横から口をはさむと、碧くんは首を振った。

「普通のヴァンパイアには、できないよ。でも、デコ家の当主は催眠術のような、他人を操る能力を持っているらしい。きみの生活費や家賃は、当主がその力を使って工《く》面《めん》しているんじゃないかな」

そう言うと、碧くんは私の方に向かって、一歩前へと進み出た。反射的に警戒して、開いた手のひらをまたグッと握りこむ。警戒する私を見て、碧くんはふふっと苦笑いした。

「ごめんね、今日のところは退散するよ。『食事』を果たした君に、力で敵《かな》うとは思えないから」

言葉のわりに余裕の表情で言うと、碧くんはこう付け足した。

「だけど、あきらめない。必ず君を俺の婚約者にしてみせる」

エピローグ THE VAMPAIRE

エピローグ

朝、目を覚ましたら、とりあえずＳＮＳを開く。

真っ先にチェックするのは「恋するヴァンパイア」のアカウント——じゃなくて、動画サイトだ。

〈MIKU*39 official YouTube Channel〉と名付けたチャンネルには、私が歌う「ヴァンパイア」のＭＶがアップロードされている。

投稿から一週間。今日の総再生数は３２２で、昨日から10回くらい増えたかな。チャンネル登録者数は12人で変わりなし。

再生ボタンをタップすると、再生数が３２３に増えた。

スピーカーから聞こえてくる自分の声を聞きながら、むくりとベッドから起き上がる。フルスクリーンで表示されているサムネイルは、流し目で笑う私の横顔だ。本当はイラストをつけたかったけど、そんなの発注するお金はないから、佐々木くんに撮影してもらった画像をそのまま使った。

MIKU*39は、私と佐々木くんが結成したバンドだ。

「バンド組もうって話、まだ生きてるか？」

佐々木くんがおずおずとそんな提案をしてくれたのは、碧くんを追い払った翌日のこと。私、嬉《うれ》しすぎて、０・２秒で「やろう！」って叫んでた。

「俺、あの曲は、宮本にしか歌えないと思ってた。だけど、お前が歌ったのを聴いてみたら、すごく良かった。俺が思ってもみなかった曲に仕上がってて、もっと、聴いてみたいと思ったよ」

佐々木くんがそう言ってくれたことが、すごく嬉しかった。

バンドの名前は、二人で話し合って決めた。佐々木くんが宮本くんとやってたバンドは「38」だから、そこから一つ前に進んで「39」——読み方はミク。数字とアルファベット、両方並べて、表記は「MIKU*39」にした。

それから数日のうちに動画サイトにバンド専用チャンネルを開設して、最初の楽曲『ヴァンパイア』をアップロードした。

再生数は、そう簡単には増えない。初日は「恋するヴァンパイア」のＳＮＳで宣伝したから、再生数が一気に三百回までいったんだけど、そこから伸び悩んでいる。

まあ、まだ、始めたばっかりだし。

ライブとかやりながら、こつこつ伸ばしていきたいな。

って、そう思ってたんだけど――

翌日、起きたら、再生回数がバグっていた。

「え⁉」

私はがばっと飛び起きて、数字のケタを数えた。

いち、じゅう、ひゃく、せん、まん……。

「8万再生⁉⁉」

数え間違いじゃない。

『ヴァンパイア』の再生数は、一夜にして八万回を超えていた。しかも、更新するたびに、どんどん増えていく。今こうしている間にも、日本のどこかで、この曲を聴いてくれている人がいるってことだ。

「嬉しい……！　でもどうしたんだろ、急に……」

コメント欄を見てみると、どうやら、とあるインフルエンサーが『ヴァンパイア』を紹介してくれたらしい。

←この動画で紹介されたので聴きに来ました

http://www.toktok.com/blue

コメント欄にリンクを貼ってくれている人がいたので、見にいってみると、フォロワー五十万人超えの大型インフルエンサーだった。歌い方指南や、隠れた名曲を紹介するショート動画をたくさんアップロードしているようだ。

五十万人ってすごいな〜。一体、どんな人なんだろう……。

アイコン画像に表示された、そのインフルエンサーの顔を見るなり、私はぎょっとしてその場に固まってしまった。

……うそでしょ⁉　なんでこの人が⁉

大あわてで、佐々木くんに電話をかける。

「ねえねえねえ佐々木くん、ヴァンパイアの再生数見た⁉」

「は？　見てない」

「なんで見てないの⁉　まずは見てよ‼　めっちゃ伸びてるから」

電話の向こうで、ごそごそと物音がする。スマホを操作して、動画を確認してくれているようだ。

「……おぉ。８万再生」

「すごいよね！　インフルエンサーが紹介してくれたみたいなの。コメント欄にリンクがあるから、見て！」

十秒ほど間があって、佐々木くんはおもむろに口を開いた。

「……このインフルエンサーって、碧じゃないか？」

「だよね!!」

そう。『ヴァンパイア』を紹介してくれたインフルエンサーは、どう見ても碧くんだった。ちょっと加工が入っているけど、この垂れ目は間違いない。

あいつ、SNSには興味ないとか言ってたくせに、めっちゃやってるじゃん！　しかも、私より断然フォロワー多いし!!

碧くんとは、あの一件以来、一度も会っていない。『Q』で予定していたライブも全てキャンセルしちゃったみたいだから、てっきり私のことはあきらめたんだと思ってたのに、こんなにフォロワーの多いアカウントで『ヴァンパイア』をおすすめしてくれるなんて、一体どういうつもりなんだろう。

首をかしげつつ動画をスクロールすると、一番下にこんなハッシュタグがついていた。

#あきらめない　#必ず

もしかしてこれ、私へのメッセージだったりする？　『ヴァンパイア』を自分のアカウントで宣伝して、私の気を引こうとしてるとか？

こんなことをされても碧くんになびいたりしないけど、でも『ヴァンパイア』がバズったのは単純に嬉しかった。佐々木くんの才能を、たくさんの人に知ってもらえて、すごく幸せだ。『良い曲！』とか『耳に残る〜！』とか、ポジティブなコメントがずらりと並んでいるのを見ると、だよねだよね！　って全員とハイタッチしたくなっちゃう。

だけど、佐々木くんは、そこまで楽観視できないみたいで。

「碧のやつ、何かたくらんでるんじゃないか？　心配だな……」

深刻そうな声でそう言うので、とりあえず、駅前のカフェで待ち合わせて話し合うことにした。

やって来た佐々木くんは、白のパーカーにジーンズの私服姿だ。見慣れた制服姿とは違うラフな格好に、私は思わずへにゃっとなった。

「クゥー、休日モードの佐々木くんもかっこいいね！」

「くっつくな……。そんな話をしにきたんじゃないだろ」

「私たち、休日のカップルに見えてるかな!?」

「この動画の件だけど」

はしゃぐ私を無視して、佐々木くんはスマホに例の紹介動画を再生した。

「俺たちの楽曲を宣伝するなんて、どう考えてもおかしい。なにか裏があると思った方がいい」

「え〜、私にまだ好意があって、良かれと思ってやってくれたんじゃないの？」

「アイツの正体はもうバレてるんだから、お前を誘惑するだの言ってたのも全部ナシだろ。普通に考えて」

「じゃあ、純粋に『ヴァンパイア』が良い曲だと思ってくれたとか」

「あいかわらずだねえ、ヴァンパイアちゃん」

いきなり後ろから声をかけられ、私と佐々木くんは同時にバッと振り返った。

私たちが並んで座っていたカウンター席の真後ろで、碧くんがいつの間にかソファにふんぞり返っている。

碧くん!?　なんでここにいるの!?

「何しにきたんだ、お前……」

苦虫をかみつぶしたような顔をする佐々木くんに、碧くんはゆるく微笑《ほほえ》みかけた。

「きみたちの楽曲を紹介したのは、そうすればバズると思ったからだよ。あの曲の良さは本物だからね。そして、曲が有名になれば、とある人が俺に接触してくるんじゃないかと思ったんだ」

「とある人って誰だよ」

いぶかしむ佐々木くんに、碧くんは一枚の写真を差し出した。

そこに写っている人物を見て、佐々木くんが小さく息をのむ。

横からのぞいて、私も驚いた。

写っていたのは、宮本くんだ。佐々木くんの失踪した幼なじみで、『38』の元メンバー。

「どうして碧くんが、この写真を持ってるの……？」

「きみや佐々木くんのことを調べたとき、手に入れたんだ」

平然と答える碧くんの胸ぐらを、佐々木くんが勢いよく掴《つか》んだ。

「教えろ！　宮本は今どこにいるんだ⁉」

「ちょっと、佐々木くん……！」

私はあわてて、にらみあう二人の間に割って入った。

佐々木くんがこんなに熱くなるなんて、めったにないことだ。失踪した宮本くんのことを、佐々木くんはそれだけ引きずっていたんだろう。

碧くんは佐々木くんの手をはらうと、襟元を整えながら肩をすくめた。

「俺も宮本流星《りゅうせい》の居場所は知らない。でも今日、これから会うことになってるよ。『ヴァンパイア』の紹介動画を見た彼が、俺のアカウントに連絡をくれたんだ」

「宮本がお前に……？　どういうことだ？　あの曲を聴いて、どうしてお前に連絡するんだよ」

「その答えが知りたいなら、着いてくれれば？」

佐々木くんが、言葉を失って黙り込む。宮本くんの居場所は知りたい、でも、突然いなくなった彼に会うのが怖い――そんな葛藤《かっとう》が、伝わってくるような表情だ。

碧くんは、私の方へと視線を移すと、試すように目を細めた。

「ただし、きみも一緒に来ることが条件だ」

「私……？」

そりゃ私だって、宮本くんのことは気になるけど……どうして私が一緒に行くのが条件なの？

戸惑う私に、碧くんはヘビのように目を細めた。

「大好きな佐々木くんのためなら、もちろん一緒に来てくれるよね。デコ＝ニーナちゃん？」

あっという間に、
超人気ボカロP DECO*27のアルバム『MANNEQUIN』がマンガで楽しめる!!
メガ盛りMIX CD付き特装版も!!
EQUIN
STARS
MANNEQUIN
feat. 初音ミク コミックアンソロジー
特装版
通常版
B6判
特装版
2,200円(税込)
通常版
880円(税込)
©一迅社
©DECO*27
©OTOIRO
©CFM
Now On Sale!!

アイドル、
全員初音ミク!!!
MANNEQUIN
DECO*27 好評発売中!
初回限定盤
通常盤
Track List
01. ヴァンパイア
02. アニマル
03. 状態異常彼女
04. U
05. シンデレラ
06. ケサランパサラン
07. ギフト
08. パラサイト
09. ジレンマ
10. おじゃま虫II
11. モザイクロール(Reloaded)
Copyright ©2022 Universal Studios. All Rights Reserved. Art by 八三 © Crypton Future Media, INC. www.piapro.net
piapro
初音ミク

KARENT
クリプトン・フューチャー・メディアが運営するボーカロイド楽曲専門の音楽レーベル！
ブループラネット / DECO*27
宇宙散歩 / DECO*27
ラビットホール / DECO*27
クリプトン・フューチャー・メディアが運営するボーカロイド楽曲専門の音楽レーベル！
SpotifyやApple Music等などのストリーミングサービス、TikTok、InstagramなどのSNS、
iTunes Store、Amazon Musicなどのダウンロードストアで配信中！
みんなが知ってる名曲から、話題の新曲まで、配信曲数はなんと10000曲以上！
KARENTでお気に入りの楽曲を見つけよう！
初音ミク
HATSUNE MIKU
Art by otomika
© Crypton Future Media, INC. www.piapro.net piapro
© DECO*27 / © OTOIRO
KARENTでお気に入りの
楽曲を見つけよう！
karent.jp

7000万回再生超!
超人気ボカロP DECO*27の大ヒット曲のコミカライズ
きみのこと…吸っちゃっていいの？
ヴァンパイア THE vampire
原作・監修 DECO*27
漫画 やもり四季。
価:792円(税込)
一迅社/©DECO*27/©OTOIRO/© CFM
第1巻、大好評発売中!!

漫画版のお試し読みはこちら！

お腹《なか》すいたー
うーわっ
ゲーム中《ちゅう》に急《きゅう》に叫《さけ》ばないでよ…
ネッ友
トマトジュースもストック0だし!
ヴァンパイアとして生命《せいめい》の危機《きき》!
SOLD OUT!
飢《う》えた
無理《むり》
やだ
喉《のど》乾《かわ》いた
ぴえ…
近《ちか》くの人間《にんげん》襲《おそ》って飲《の》んでくればいいじゃん
バレなきゃ捕《つか》まんないって
はあ!?

そんなの不衛生《ふえいせい》で汚《きたな》い！
知《し》らない人間《にんげん》への吸血《きゅうけつ》…
そんなの無理《むり》！
ぶんっ
ぶんっ
まさか…まだ人間《にんげん》の血《ち》飲《の》んだことないわけ？
当《あ》たり前《まえ》じゃない！
だって本当《ほんとう》に好《す》きな人《ひと》の血《ち》を飲《の》みたいもん
てれ
てれ
キャッ
は・じ・め・て・は
あ！レアアイテムゲット～♡
（絶句《ぜっく》）

運命《うんめい》の人《ひと》の味《あじ》って…
喉越《のどご》しよくて
クリームみたいで甘《あま》くて…
会《あ》った瞬間《しゅんかん》にビビってくるんだって
少女マンガで読んだの…
ブチッ
…通話切《つうわき》られた
あたしにはヴァンパイアとしての夢《ゆめ》がある
それはすてきな人間《にんげん》と恋《こい》をして
初《はじ》めての吸血《きゅうけつ》をすること――…
ヅーー…
ヅーー…

ぎゃるぴーす！
おいい感《かん》じに盛《も》れたんじゃない？
さらに加工《かこう》して…
ぐにゃ〜
小顔…
目デカ…
ポチ
投稿《とうこう》！
恋するヴァ
#1mmでもいい
#自撮り界隈　#量産型
#雰囲気嫌いじゃないよ
ピコン♪

きゅ〜〜〜〜〜んっ
いいね☆
そんなあたしの日課《にっか》は
飢《う》えを紛《まぎ》らわすため
自撮《じど》りでいいねを
稼《かせ》ぐこと
いいね
ほうっ…
たくさんのいいね
たくさんのRT
満《み》たされる…
承認欲求《しょうにんよっきゅう》が満《み》たされると
自然《しぜん》とお腹《なか》も満《み》たされる
…気《き》がするのだ
バフッ
幸《しあわ》せ〜！
まだ血《ち》を吸《す》えていないことで
自分《じぶん》に自信《じしん》が
持《も》てなかったあたしは
何《なに》かを埋《う》め合《あ》わせるように
美容研究《びようけんきゅう》に没頭《ぼっとう》した

かわいい洋服《ようふく》
かわいい化粧品《けしょうひん》
かわいいヘアスタイル
ピコッ
ピコン
ピコッ
そんなあたしをSNSにあげると
思《おも》った以上《いじょう》に反応《はんのう》がよかったのだ
ええ!?
こんなに!?
返信:
肌の透明
返信:
人形さ
可愛すぎ
返信:
美人
返信:
彼女
ヴァンパイアとして
初《はじ》めて存在《そんざい》を
認《みと》められた気《き》がした

よし!
今日《きょう》もばっちり世界一《せかいいち》かわいいぞ!
SNSで生《い》きるあたしの休日《きゅうじつ》は
日《ひ》が暮《く》れてからの映《ば》えスポ巡《めぐ》り
かわいい〜!
ケーキと自分《じぶん》これは…伸《の》びる!(確信《かくしん》)

今日は最近人
超可愛いパ
美味しかっ
いつか運
#自撮
とうこう！
よしよし…
さあていただきま〜…
ピコッ
お珍《めずら》しく引《いん》リツだ…
ファンの子《こ》かなぁ〜！
うれし…

そこら辺の男子高校生の裏垢
最近の女の子って加工しすぎ(
今日は最
超可愛
美味し
いった
#自

カタ
カタ
カタ
カタ
特定《とくてい》してやる！
カタ
カタ
カタ
カタ
カタッ
顔洗《かおあら》って待《ま》ってろよ…
駅
情報《じょうほう》によると制服《せいふく》はブレザー
苗字《みょうじ》は佐々木《ささき》
近《ちか》くの共学《きょうがく》高校《こうこう》1年生《ねんせい》！
下校《げこう》するところを捕《つか》まえて一言《ひとこと》文句《もんく》言《い》ってやる！

ドンッ
ああ!?
ごろんっ
わ
いい感《かん》じの人《ひと》…
きゅる
わえっと
ごごめんなさい!
あの! おけがとか
ないですか
…

あはい
よかったで…
近《ちか》くの共学《きょうがく》
ブレザー
名札《なふだ》に佐々木《ささき》
佐々木
ばちっ
あれ？
この人《ひと》もしかして――…
あんた

現実《げんじつ》のほうがもっといいじゃん

ちょっ
ドキ
まだ謝罪《しゃざい》が…!
ドキ
ドキ
ドクン
なにこれ…

運命《うんめい》の人《ひと》って
会《あ》った瞬間《しゅんかん》に
ビビって来《く》るんだって
ドクンッ
…吸《す》っちゃっていいの?
ドクンッ
ドクン